성존

성운을 먹는 자

성운을 먹는 자 14

김재한 퓨전 판타지 소설

초판 1쇄 찍은 날 § 2016년 4월 18일
초판 1쇄 펴낸 날 § 2016년 4월 25일

지은이 § 김재한
펴낸이 § 서경석

편집책임 § 이창진
디자인 § 신현아

펴낸곳 § 도서출판 청어람
등록번호 § 제387-1999-000006호
등록일자 § 1999. 5. 31
어람번호 § 제1-2407호

주소 § 경기도 부천시 원미구 부일로 483번길 40 서경B/D 3F (우) 14640
전화 § 032-656-4452 팩스 § 032-656-4453
http://www.chungeoram.com
E-mail § chungeorambook@daum.net

ISBN 979-11-04-90761-6 04810
ISBN 979-11-04-90287-1 (세트)

FUSION FANTASTIC STORY

김재한 퓨전 판타지 소설

성운을 먹는 자

작은 세계의 주인

14

청람

목차

제78장
일월성신(日月星身) II

성운을
먹는자

1

형운이 위진국으로 떠나 있는 동안 하운국에서도 시간이
흘러 7월 초가 되었다.

진 일월성단을 노린 마교들의 습격을 받은 지 4개월이 지
났다.

하운국의 별의 수호자 총단 분위기는 삼엄했다.

내부를 단속하는 과정에서 마교의 첩자가 있었음이 드러
났다. 약과 술법까지 동원한 철저한 첩자 색출 과정에서 고위
연금술사 한 명이 자결한 사건은 모두를 충격으로 몰아넣었
다.

스스로 마교의 첩자였음을 자백하는 듯 자결해 버린 그 연단술사는 진 일월성단 관리를 책임지고 있는 중년의 연단술사, 빈현이었다.

어떻게 광세천교가 진 일월성단의 존재를 알고 노렸는가, 어째서 그토록 절묘한 시점에 진 일월성단이 폭주했는가…….

그런 의문들이 빈현의 자결로 해결되었다.

다들 마교의 무서움에 치를 떨었다. 수십 년 전부터 별의 수호자에 들어와서 많은 공헌을 한 고위 연단술사가 첩자라니, 빈현 말고도 수많은 마교도가 아무렇지도 않은 얼굴로 사회에 녹아들어 있을 수 있다는 것을 상상하면 소름이 끼쳤다.

총단뿐만 아니라 성해의 분위기도 좋지 않았다.

별의 수호자는 이번 일의 뒤처리를 위해 엄청난 돈을 풀었다. 사망자의 유족에게 보상을 하는 것은 물론이고, 터전을 잃은 자들에게 임시 거처를 제공하고 생활을 지원했다. 부서진 시가지를 재건하는 비용을 책임진 것은 물론이었다.

그렇게까지 했는데도 여전히 안 좋은 말들이 나오고 있었다. 시민 중 상당수가 총단 근무자와 그 가족이 아니었다면, 성해의 경제적 윤택함이 별의 수호자 총단 덕분이 아니었다면 그들을 쫓아내자는 여론이 형성되었을지도 모른다.

이런 상황에서 총단이 들뜬 것은 두 명의 방문자 때문이었다.

"무슨 일을 그렇게 꽁꽁 감추나 했더니만… 엉망진창이 군."

별의 수호자의 수성(水星) 윤호현은 마차에 탄 채로 창밖을 보며 중얼거렸다. 그는 편안하고 지적인 용모의 중년인으로 단정하게 다듬은 수염을 기르고 있었다. 모르는 사람이 보면 무인이 아니라 학자로 생각할 만한 인상의 소유자였다.

"설마 한바탕 전쟁이라도 치른 겁니까? 시가지가 이만큼이 나 파괴되었을 정도면 상당한 규모로 싸운 것 같군요."

그 옆에 탄 청년은 윤호현의 둘째 제자 유명후였다. 20대 중반 정도로 보이는 그는 키는 좀 작았지만 고급스러운 청색 옷이나 전신에 감도는 기품이 귀한 신분의 소유자임을 알려 주었다.

윤호현이 말했다.

"아마도. 성해를 이 모양으로 만들었을 정도라면 마교 놈 들이겠지. 왜 총단이 그토록 신경질적으로 주의령을 내렸는 지 알 만하군."

"어느 쪽일까요?"

"글쎄다. 우리 쪽에서야 광세천교 놈들이 많이 설친다만 하운국 쪽에서는 흑영신교의 움직임이 더 두드러지는 모양이 던데… 뭐 여기까지 왔으니 물어보면 알 수 있지 않겠느냐?'

수성은 풍령국 별의 군세를 책임지는 입장이었다. 총단에 서 워낙 강경하게 정보 통제를 했기 때문에 2개월 전의 사건 에 대해서도 제대로 된 정보를 입수하지 못했다.

그리고 위진국의 화성 하성지와 달리 그는 별로 총단을 상 대로 더 많은 권한을 얻어내겠다고 날을 세우는 인물이 아니 었다. 그것은 본인의 성품 문제도 있었지만 위진국 쪽이 백리 세가의 견제에 시달리는 데 비해 풍령국 쪽은 금룡상단과도 나쁘지 않은 관계라는 점도 작용했다.

곧 총단으로 들어간 그들은 장로회에 출석하게 되었다.

장로회에는 드물게도 열두 장로가 모두 참석했다. 그리고 영성 귀혁, 풍성 초후적, 거기에 성운검대주 고동준까지 와 있는 것을 보니 이번 일에 대한 관심이 어느 정도인지 알 만 했다.

운중산 장로가 물었다.

"먼 길 오느라 수고했네, 수성."

"오랜만에 뵙습니다. 오다 보니 성해에 큰일이 있었던 것 같은데 모두 건강하신 것 같아 마음이 놓이는군요. 그런데 영 성과 풍성께서도 나와 계신데 지성께서는 안 보이십니다? 임 무를 나가신 겁니까?"

"지성은 지금 건강이 좋지 않아서 웬만하면 공석에 안 나오고 있다네."

"저런."

임시로 지성직을 수행하고 있는 홍주민은 진 일월성단 사태 때 큰 내상을 입었다. 그 후로 3개월 동안 비약과 기공사, 의원들이 노력했지만 완쾌되지 못하고 있었다.

물론 이것은 외부에는 알려지지 않은 비밀이었다. 하지만 슬슬 새로운 지성을 선발해야 한다는 목소리가 강해지고 있었다.

현재 장로회가 고민하는 것은 홍주민의 경우처럼 은퇴한 노고수를 불러 와야 할 것인가, 아니면 이번에야말로 젊은 세대를 지성으로 올려야 할 것인가다.

서하령의 외조부, 이정운 장로가 말했다.

"일단은 본제부터 다루도록 하지. 나 말고도 다들 자네 입으로 확답을 듣고 싶어서 안달이 난 것 같구먼."

"하하. 그렇군요. 죄송합니다."

수성이 부드럽게 웃으며 말했다.

"이미 보고드린 대로 저의 제자 명후가 태양과 별, 두 일월성단의 기운을 완전히 융합하는 데 성공했습니다. 이 아이에게 일월성단—달을 지급하여 일월성신을 이루는 데 도전할 것을 허가해 주시면 감사하겠습니다."

형운 이후 두 번째 일월성신의 탄생, 그것이 수성이 풍령국을 떠나 먼 하운국까지 온 이유였다.

3

문득 귀혁이 중얼거렸다.

"흠, 그러고 보면 벌써 4년 반인가? 확실히 두 번째 사례가 나와도 이상하지는 않군. 애당초 일월성단을 하나씩 취한 인재는 꽤 있었기도 했고……."

"네?"

"아니, 혼잣말이다."

수련 중 휴식을 취하던 제자들의 물음에 귀혁이 고개를 저었다.

형운이 일월성신을 이룬 후, 별의 수호자는 크게 흥분했다. 그것은 천 년을 넘는 세월 동안 이론상으로만 존재했던 환상의 신체였으며, 선천적으로 타고나는 것이 아닌, 후천적인 노력으로 이룰 수 있는 궁극의 견본 중 하나였다.

형운을 통해서 일월성신의 전설은 허황된 망상이 아니었음이 밝혀졌다. 그렇다면 두 번째, 세 번째 사례를 만들어내고자 노력하는 것은 당연한 일이다.

각 부서가 경쟁적으로 자신들이 선별한 인물을 일월성신

으로 만들고자 했다. 그러나 대부분은 실패했다. 화성 하성지의 제자 아윤이 그랬듯이.

그러나 성공을 앞두고 있는 이들도 있었다.

수성의 제자가 일월성신을 이룬다면 일월성신 연구는 진일보할 것이다. 다음 세대, 혹은 다다음 세대쯤에는 오성 전원과 성운검대주까지 일월성신으로 채우는 것이 가능해질지도 모르는 일이다.

'나는 원래 일월성신을 이루기 위해서는 일월성단이 각각 세 개씩 필요할 거라고 생각했지. 하지만 형운은 해와 달과 별을 취하는 것만으로도 일월성신을 이루었다.'

형운은 일월성신을 이루고 나서 일월성단—별을 하나 더 먹었지만 거의 변화가 없었다. 이후의 형운에게 영향을 끼친 외부 요인은 빙령과 운룡족의 신기였다.

'문제는 토양이다. 형운이 광혼심법을 익힌 것 또한 일월성신을 이루는 데 한몫했을 터.'

귀혁은 치밀한 계산하에 형운을 성장시켰다. 약점이 없는 대신 효율이 떨어지는 광혼심법을 익히게 한 것도, 약선을 비롯해서 의식주를 전부 육체 개조로 채워 넣은 것도 그의 일맥이 5대에 걸쳐 연구해 온 '성운을 먹는 자'를 탄생시키기 위함이었다.

일월성신은 그 부산물이다. 놀랍게도 귀혁의 입장에서 보면 일월성신은 궁극의 목표가 아니라 성운을 먹는 자를 이루기 위해 거쳐 가는 단계에 불과했다.

'수성… 아니, 장로들이 무슨 수를 써서 토양을 다졌을지 궁금하군.'

귀혁이 장로회에 제공한 자료는 일부에 불과하다. 장로들은 그것과 형운을 상대로 한 실험으로 수집한 자료를 이용, 각자의 방법으로 일월성신을 만들기 위한 과정을 밟았을 것이다.

수성 또한 몇몇 장로의 지원을 받았다. 그는 당초 비교적 젊거나 어린 둘째 제자와 셋째 제자를 통해서 계획을 진행했다. 그리고 그중 둘째 제자 유명후가 두 개의 일월성신을 완전히 융합하는 데 성공한 것이다.

"사부님, 휴식 시간 끝났습니다."

상념에 잠긴 그를 일깨운 것은 조심스러운 제자들의 목소리였다.

귀혁은 퍼뜩 정신을 차리고 제자들을 바라보았다. 그리고 말했다.

"그럼 다음으로 넘어가 보자꾸나."

4

유명후가 세 번째 일월성단을 복용하게 된 것은 총단에 도착한 지 보름째 되는 날이었다.

일월성단을 준비하는 데 시간이 오래 걸려서는 아니다. 이미 준비된 물량이 있었고, 장로회도 허가했다.

그러나 일단 유명후가 정말 두 개의 일월성단, 태양과 별의 기운을 완전히 융합했는지 검증이 필요했다. 유명후는 그동안 다양한 검사를 받았다.

또한 긴 여행을 한 유명후의 심신을 최상의 상태로 회복시킬 필요가 있었다. 한차례 검사를 거친 후, 유명후는 충분히 휴식을 취하면서 만전을 기했다.

수성 윤호현이 물었다.

"준비되었느냐?"

"네, 하지만 성도의 탑이 아니라 외부로 가게 될 줄은 몰랐는데요."

유명후의 일월성단─달 복용은 성도의 탑이 아니라 원래는 진 일월성단을 연구할 목적으로 건립한 성해 외부의 연구 시설에서 이뤄지게 되었다.

진 일월성단은 날아갔지만 막대한 돈을 들여서 건립한 연구 시설을 놀리는 것도 아까운 일이었다. 다소 위험하다 싶은 연구들은 이곳으로 옮겨놓았다.

윤호현이 수염을 쓰다듬었다.

"뭐 새로 지은 만큼 시설이 좋지 않겠느냐?"

"그거야 그렇겠지만 역시 별의 수호자의 중추는 성도의 탑 아니겠습니까? 그 형운이라는 녀석도 그곳에서 일월성신을 이뤘을 텐데 왠지 좀 짜증 나는군요."

유명후가 투덜거렸다.

그는 풍령국에서는 몇 대 전에는 황실의 인척으로 성주직을 수행하기도 했던 이름난 명문가의 자제였다. 어려서부터 무엇을 해도 탁월한 재능을 보였고, 원한 것 중에 손에 넣지 못하는 것이 거의 없었다.

이제까지 살아오는 동안 좌절해 본 경험이 없다. 자신의 자질, 그리고 집안의 힘으로 수성의 제자로 들어갔을 때도 그랬고 일월성신 계획에 참가하게 되었을 때도 그랬다. 사형을 제치고 사제와 함께 계획에 참가한 후, 자신만이 성공해서 총단에 오게 된 것도 당연한 결과라고 생각하고 있었다.

윤호현이 물었다.

"그 아이에게 경쟁의식을 느끼는 것이냐?"

"그렇지 않다고 하면 거짓말이지요. 운이 좋아서 이름을 떨칠 기회를 많이 얻었다지 않습니까? 저는 정보부 때문에 해 온 일도 제대로 드러내지 못하는 판인데. 일월성신만 해도 그 놈이 사상 최초고 저는 두 번째라는 게 마음에 안 듭니다."

"솔직해서 좋구나. 뭐 그럼 어떠냐? 중요한 것은 누가 시작했느냐가 아니라……."

"누가 가장 높은 자리에 올랐느냐겠지요."

"잘 아는구나."

"압니다. 그냥 좀 투정을 부려본 것뿐입니다. 사람을 못 믿고 검사니 확인이니 호들갑을 떠는 것에 좀 지쳐서요."

유명후가 씩 웃었다.

그는 자신감이 넘쳤다. 해와 별의 힘을 융화시키는 일은 힘들었지만 단 한 번도 불가능하다고 생각해 본 적이 없었다. 이번에도 마찬가지일 것이다.

'이 사람들과 어깨를 나란히 하기까지 오랜 시간이 걸리지 않을 것이다.'

유명후는 주변의 면면을 살펴보았다.

오성 중에서도 최강이라는 영성 귀혁을 비롯해서 풍성 초후적, 성운검대주 고동준, 그리고 자신의 스승까지 별의 수호자에서 최강의 무인들이 한자리에 모였다. 이들이 자신이 일월성신을 이루는 것을 돕기 위해 모였다는 사실이 그에게 특별한 감흥을 심어주었다.

'나야말로 선택받은 존재다. 내가 부족해 보이는 것은 어디까지나 더 높은 곳에 이르기 위한 시련에 불과할 뿐.'

어린 시절, 유명후는 자신이 성운의 기재가 아니라는 사실에 분하고 화가 났던 시절이 있었다. 하늘에 눈이 똑바로 달렸다면 당연히 자신을 선택해야 할 것 아닌가? 왜 별 잡것들을 다 선택하면서 자신은 그냥 지나쳤단 말인가?

그때부터 그는 성운의 기재보다 더욱 특별한 존재, 아니, 유일무이한 존재가 되고 싶어서 노력해 왔다. 그리고 이제 그 노력이 결실을 맺는 순간이 오고 있었다.

'일월성신이 된다. 그리고 내가 형운이라는 놈보다 뛰어나다는 것을 보여주겠다.'

그리고 얼마 후, 모두가 알게 되었다.

유명후가 형운과는 다르다는 것을. 그는 정말로 특별한 존재였음을.

5

유명후가 일월성단─별의 달을 취하자 해일과도 같은 기파가 일어나서 주변을 휩쓸었다. 시설이 부서질 듯이 요동치고 네 명의 고수와 다수의 기공사는 어마어마한 압박과 맞서 싸워야 했다.

그 기운이 안정되기까지는 사흘이 걸렸다.

"이건 또 생전 처음 보는 상황이로군."

귀혁이 신기해하며 중얼거렸다.

눈앞에 커다란 빛의 알이 있었다.

어떤 물질에 빗대어 말할 수 없는, 말 그대로 빛으로 이루어진 알이다. 이번 일에 참가한 인원들은 다들 사람이 들어가고도 남을 정도로 커다란 그 알을 보며 어안이 벙벙해졌다.

성운검대주 고동준이 귀혁에게 물었다.

"어떻게 된 거지?"

"나한테 물은들 알겠나?"

"여기서 일월성신이 탄생하는 순간을 본 적이 있는 것은 당신이 유일하지 않나?"

"세 번째 일월성단을 받아들이는 과정에서 일어난 현상은 비슷했다."

형운이 세 번째 일월성단을 취했을 때도 막대한 여파가 일었다.

이번에 성도의 탑이 아닌 이곳에서 일을 치르게 된 것도, 그리고 별의 수호자가 자랑하는 막강한 고수를 네 명이나 투입하고 그것으로도 모자라서 기공사들까지 다수 투입한 것은 당시의 경험이 있기 때문이었다. 덕분에 그때보다는 수월하게 일을 마무리할 수 있었다.

"그 여파도 비슷한 수준이었지. 이번에는 기공사들 덕분에 그때보다 훨씬 수월하게 넘겼고."

"확실히 기공사들이 없었다면 정말 힘들었겠어."

고동준이 고개를 끄덕였다. 아무리 고수라고 해도 사흘 밤낮 동안이나 태풍처럼 거대하고 광포한 기운이 날뛰는 것을 받아내다 보면 기력이 바닥났을 것이다.

귀혁이 수성 윤호현을 보며 물었다.

"자네 제자의 내공이 어느 정도였나?"

"6심이었지요."

"흠. 역시 당시의 형운과 같았군. 하지만 이 상태는 형운과는 전혀 다른데……."

당시의 형운은 세 번째 일월성단을 취하는 작업이 끝나자 반년 동안이나 잠들어 있었다. 전신에서 은은한 빛을 발하면서 긴 시간 동안 환골탈태를 거쳐 일월성신을 이루었던 것이다.

하지만 유명후는 빛의 알로 자신을 감싸 버렸다. 그리고…….

"외부의 기운을 빨아들이고 있습니다."

시설 관리자가 말했다.

유명후가 있는 시설은 기환진과 연동하여 기본적으로 그가 배출하는 기를 흡수해서 증폭, 순환시키는 구조로 이루어져 있다. 하지만 그와는 별개로 외부에서 적절한 성질의 기운을 생성해서 주입하는 일도 가능했다.

빛의 알은 일을 치르고 나서 시설의 순환기에 잔존한 기운과 주입기에 여분으로 넣어뒀던 기운을 야금야금 흡수하고 있었다.

상황을 보고 받은 장로들이 떠들어대기 시작했다.

"환골탈태를 위해 양분을 필요로 하는 것인지도 모르겠군."

"어쩌면 저 빛의 알은 저번과 달리 빠른 환골탈태를 위해 생성된 것인지도 모르지요."

장로들만이 아니라 기환술사들과 연단술사들까지 끼어서 활발한 토론이 이루어졌다.

귀혁이 한숨을 쉬고는 그들에게 요구했다.

"방침을 결정해 주시지요."

이대로 빛의 알에게 지속적으로 기운을 공급해 줄 것인가, 아니면 기운의 공급을 끊고 상황을 지켜볼 것인가?

답은 금방 나왔다. 장로들은 기운을 공급하며 추이를 관찰하라는 명령을 내렸다. 당분간은 이번에 참가한 영성, 풍성, 수성, 성운검대주 네 명 중에서 두 명은 만약의 사태를 대비해서 이곳에 머무르게 되었다.

그렇게 일주일이 지났다.

6

콰아아아앙……!

먼 곳에서 폭음이 울려 퍼졌다.

순간 성해 사람들은 다들 놀라서 건물 밖으로 뛰쳐나왔다. 그들의 뇌리에는 광세천교가 공격해 왔을 때의 악몽이 생생하게 남아 있었다. 또다시 그런 사태가 벌어졌는지도 모른다는 공포가 그들을 사로잡았다.

"저건……."

사람들은 무슨 일이 벌어졌는지 알 수 없었다. 하지만 한 가지 눈에 띄는 것이 있었다.

"저 빛기둥은 뭐지?"

성벽 바깥, 먼 곳에서 눈부신 빛기둥이 하늘로 솟구치고 있었다.

7

쿠구구구구······.

거세게 일어난 폭발이 가라앉았다.

흙먼지 속에서 귀혁이 나타났다. 그는 무너진 건물의 잔해를 치우면서 밖으로 나왔다.

그가 있던 방은 완전히 붕괴했다. 그리고 밖으로 나와봤더니 바깥도 엉망진창이었다.

"으음, 이런 경우는 전혀 생각 못 했거늘."

그의 시선이 사방에서 피어오르는 흙먼지 너머로 향했다.

눈부신 빛기둥이 솟구치고 있었다.

휘이이이이이!

귀혁이 광풍혼을 일으켜서 흙먼지를 치워 버렸다. 그러자 흙먼지 너머의 풍경이 드러났다.

"이게 무슨 일입니까?"

수성 윤호현이 놀라서 물었다. 자기 제자의 일인 만큼 그는 다른 세 명과 달리 아예 이쪽에 상주하면서 추이를 지켜보고 있었다.

귀혁이 그를 힐끔 바라보고는 말했다.

"아무래도 자네 제자에게 문제가 생긴 것 같군."

"명후야!"

윤호현이 놀라서 날아올랐다. 확실히 저 빛기둥이 솟구치고 있는 곳은 유명후가 빛의 알이 되어 있던 장소였다.

귀혁이 눈살을 찌푸렸다.

'제자의 일이니 하는 수 없지.'

방금 전의 폭발은 그들이 있던 공간을 날려 버리는 데 그치지 않았다. 그 너머까지 미치면서 연구 시설의 수십 명을 죽였다.

귀혁은 지금 이 순간에도 살아 있는 사람을 찾아내서 허공섭물로 잔해를 치워주는 한편, 움직일 수 있는 자들에게 전음을 보내 구조 작업을 촉구했다. 수성이 도와줬다면 작업이 수월했을 테지만 자기 제자의 안위부터 걱정하는 행동을 비난할 수는 없다.

'음? 이건 뭐지?'

사람들을 구조하던 귀혁은 의아함을 느꼈다.

죽은 이들의 시신이 기묘했다. 폭발과 붕괴에 휘말려서 죽었다고는 생각할 수 없는 이상한 상태의 시신들이 있었던 것이다.

신체의 대부분을 잃고 일부만이 남아 있는데 출혈의 흔적이나 살 조각이 없다. 마치 그 부분만 무언가가 깨끗하게 먹어치우기라도 한 것처럼······.

'이게 대체?'

귀혁이 전율할 때였다.

뒤쪽에서 폭음이 울렸다.

콰아아아앙!

윤호현이 뭔가에 공격당해서 튕겨 나가고 있었다. 그가 당황해서 외쳤다.

"명후야! 정신 차리거라!"

─이상한 말씀을 하시는군요. 정신 차리라니, 제정신인 사람한테.

빛기둥 속에서 울려 퍼진 것은 육성이 아니었다. 얼핏 들었

을 때는 육성으로 착각할 수도 있을 정도로 또렷한 정신파였
다.

"저건……."

목소리의 주인은 타오르는 빛으로 이루어진 존재였다. 빛
이 인간의 윤곽을 그려내고 정신파로 인간의 목소리를 흉내
내고 있었다.

귀혁은 그 정체를 알아보았다. 바로 유명후였다.

"실패한 건가?"

―실패라니, 설마 절 두고 하신 말씀입니까?

유명후가 고개를 갸웃했다. 동시에 섬광이 귀혁을 급습했
다.

콰아아아아!

귀혁은 피하지 않았다. 대신 절묘한 힘의 가감으로 그것을
비껴냈다.

'무시무시한 위력이군.'

피하면 뒤쪽에 있던 사람들이 다 죽을 것임을 직감했기 때
문이었다. 가볍게 한 방 날린 것 같은데 수십 장을 초토화할
위력이 나왔다.

―호오, 대단하군요. 역시 오성 중 최강이라는 영성다우십
니다.

"유명후 본인이 맞는 건가?"

─그렇습니다.

"본인이 일월성신을 이루는 데 실패하지 않았다, 지금 그 상태가 일월성신이라고 주장하는 거냐?"

─그렇습니다. 아니, 정확히 말씀드리죠. 제가 바로 진정한 일월성신입니다. 영성, 당신의 제자는 가짜예요.

"뭐?"

─가짜라기보다는 반편이라고 해야겠군요. 기껏 위대한 힘을 손에 넣고도 그 가치를 전혀 모르는. 그야말로 돼지 목에 진주 목걸이를 걸어준 격입니다.

유명후가 스스로의 말에 마음에 드는 듯 미소 지었다. 온통 빛으로 이루어져 있는데도 몸짓이나 표정이 적나라하게 드러나는 것이 기괴한 이질감을 주었다.

윤호현이 당황해서 외쳤다.

"명후야! 왜 이러는 거냐?"

─아, 조금 시험해 보고 싶은 게 있어서 그렇습니다.

"뭐라고?"

─간단한 확인 작업이지요. 별의 수호자 최강의 무인들이라면 제 힘을 시험해 보기에는 적절한 상대들 같아서요. 스승님, 죄송하지만 정신 바짝 차려주시겠습니까? 스승님을 죽이고 싶은 마음은 없는데 실수로 그렇게 되어버리면 곤란하거든요. 이제까지 저를 가르쳐 주신 은혜가 있으니…….

순간 섬광이 유명후를 관통했다.

무슨 일이 일어난 것인지 파악한 윤호현이 비명을 질렀다.

"안 돼! 무슨 짓입니까, 영성!"

"쫏. 안 통하는군."

어느새 조금 전에 있던 곳의 반대편에 나타난 귀혁이 혀를 찼다.

심즉동으로 구현된 무극의 권이 유명후를 관통했다. 하지만 빛으로 이루어진 유명후의 모습은 아주 약간 흔들렸을 뿐, 아무런 타격도 없어 보였다.

─무극의 권을 맞아보는 건 처음이군요. 하지만 제게는 통하지 않습니다. 가설을 확인시켜 준 것에 감사드리죠.

"인간임을 포기하고 일월성신 본연의 힘에 충실하면 그렇게 되는 것인가?"

─그렇습니다. 해와 달과 별의 힘이 하나로 모여 삼라만상의 본질, 원기에 한없이 가까운 기운을 이룬다. 굳이 혼탁한 인간의 형상을 취하는 대신 그 힘을 순수하게 의지만으로 제어하는 저는 완전하고 불멸합니다, 아마도.

"아마도, 인가?"

─지금의 저는 본능적으로 그 사실을 압니다. 하지만 뭐든지 확인을 해봐야 아는 법이죠. 영성의 무극의 권 덕분에 한 가지 사실이 확인됐군요. 심상경의 절예로 이 몸을 기화시키

는 건 불가능합니다. 이미 이유를 알아차리시지 않으셨습니까?

"이미 기화된 것과 별반 다름없는 상태기 때문이겠지."

—그렇습니다.

유명후는 한없이 원기에 가까운 기운 덩어리였다. 원래 인간의 육신을 이루던 기운에서 불순한 부분을 모두 제거하고 순수한 기운만을 남겨서 의지로 제어하고 있는 것이다. 그렇기에 그의 존재는 다른 현계의 생명체들과는 전혀 다르게 구성되어 있었다.

즉 이미 스스로를 원하는 형태로 기화시켜서 유지하고 있는 것이나 다름없다. 당연히 절대적인 파괴의 심상을 구현, 존재 요소의 결합을 끊어서 기화시켜 버리는 시도가 통용되지 않았다.

귀혁은 다른 심상으로 시험해 볼까 하다가 그만두었다. 아무리 심즉동으로 펼칠 수 있다고 해도 무극의 권은 심력과 진기를 많이 소모한다. 약해 빠진 적이라면 모를까, 강적을 앞에 두고 가능성 낮은 짓에 힘을 낭비하는 것은 어리석은 짓이다.

'고위 환마 이상으로 심상경의 절예에 강하다고 가정하고 그냥 두들겨 패는 쪽이 낫겠지.'

고위 영수나 고위 요괴들은 기화를 막는 능력을 지니고 있는 경우가 많다. 하지만 그들 중에 스스로를 기화할 수 있는 능력까지 지닌 경우는 극히 드물다.

그러나 고위 환마는 다르다.

태생부터가 다른 세계의 존재가 투영된 허상에 불과한 그들이 고도의 지성마저 획득했을 때, 그들에게 육체는 얼마든지 재조립할 수 있는 장난감이 된다. 기화도, 육화도 자유자재다. 살아 숨 쉬는 것처럼 자연스럽게 심상경의 절예를 방어할 수 있는 존재가 되는 것이다.

이전에 북방 설원에서 흑영신교가 고위 환마를 기반으로 창조한 빙설마를 상대할 때, 혼마 한서우가 단 한 번의 실험만으로 무극의 권으로 싸우기를 포기했던 이유도 그것이었다.

"하지만 심상경에 들지도 못한 녀석이 그걸로 심상경을 다 알았다는 듯이 말하는 건 가소롭구나."

─물론 모릅니다. 가르쳐 주시겠습니까?

"네 목적은 뭐냐?"

─일단은 확인 작업입니다.

"스스로가 얻은 힘을 확인하기 위해서 이 난리를 피웠다?"

─그렇습니다. 지금 제가 당신의 시간 끌기에 응해 드리고 있는 것도 마찬가지지요.

그 말에 귀혁의 표정이 굳어졌다.

귀혁은 이미 유명후를 향한 살의를 굳혔다.

저놈은 이미 인간이 아니다. 스스로의 의지로 포기한 것인지, 아니면 사고로 그렇게 된 것인지 모르겠지만 인간이기를 포기했다. 그리고 더 이상 인간을 가치 있는 존재로 보지 않는다. 마치 벌레를 보듯이 까마득한 곳에서 내려다보는 오만이 느껴졌다.

하지만 그런 만큼 그 힘은 미지수였다. 드러난 기파만 하더라도 인간의 한계를 아득히 초월했다. 대요괴나 대영수와 필적하는 수준이었다.

그렇기에 귀혁은 그가 대화에 응한다는 점을 이용해서 조금이라도 시간을 끌고자 했다. 그러면 이곳의 사태를 보고받은 총단이 움직일 것이다. 최소한 풍성 초후적과 성운검대주 고동준 둘 중 하나는 먼저 당도하리라.

ㅡ별의 수호자가 자랑하는 최강의 무인 네 명을 상대로 생사를 건 대결을 펼치는 것, 충분한 시험이 되지 않겠습니까?

"무엇을 위한 시험인가?"

ㅡ제가 스스로 생각하는 존재가 맞는지, 확신을 얻기 위한 시험입니다.

"스스로를 무어라 생각하기에?"

ㅡ초인(超人), 신인(神人), 천인(天人)… 무엇이라 불러도 좋습니다. 사람들에게 우러름을 받으며 세상을 바꿀 수 있는 운

명을 손에 넣은 존재.

귀혁은 잠시 얼빠진 표정을 지었다. 하는 소리가 기가 막혔기 때문이었다.

"신흥 종교라도 만들 생각이냐? 어째 하는 소리가 마교 놈들하고 똑같구나."

—하하하. 그런 사특한 것들과 비교하지 말아주셨으면 좋겠군요. 저는 진짜입니다. 인간의 굴레를 넘어 신의 힘을 손에 넣었으면서도 인간과 같은 세계에서, 그들의 운명을 좌우할 수 있는 권리를 지닌 존재란 말입니다.

"글쎄다. 말하는 것이나 하는 짓이나 다르지 않은데? 네가 유명후인지, 아니면 유명후였던 무언가인지는 모르겠으나 한 가지는 분명하다."

—뭐가 말입니까?

"인간을 증명하는 것은 행동이다. 너는 이미 선을 넘었다. 너는 초인이 아니라 마인(魔人)에 불과하다."

—불쾌하군요. 마인 따위와 저를 비교하다니.

"힘을 얻겠다고 죄 없는 사람들을 잡아먹은 괴물이 천연덕스럽구나. 불쾌해."

귀혁은 더 이상 살의를 숨기지 않았다. 솟구치는 분노를 참기 어려웠다.

윤호현이 당황해서 물었다.

"영성! 그게 무슨 말씀이십니까?"

"정신 똑바로 차리시게, 수성! 자네는 저놈의 스승이기 이전에 별의 수호자의 오성이다! 자기 제자가 무슨 짓을 했는지 정도는 알아차려야지!"

"그게 무슨……."

"이 참상이 사고에 의한 것이라고 생각하나? 아닐세. 저놈은 저 상태로 완성되기 위해서 사람을 잡아먹었어! 마인 놈들이 그러듯이, 인간을 통째로 잡아먹어서 자신을 완성하기 위한 양분으로 삼았단 말일세."

그것이 귀혁이 유명후를 죽이기로 결심한 이유였다.

무너진 건물 속에서 사람들을 구출하던 귀혁은 기이한 흔적들을 찾았다. 신체 일부, 혹은 의복이나 장비만을 남기고 사라져 버린 사람들을.

기괴하기 짝이 없는 상황에 귀혁은 현장에 남은 기의 흔적을 더듬고 분석했다. 그 결과 유명후가 저런 상태가 되기 전, 거미줄처럼 기를 뻗어두었다가 인간들을 집어삼켜서 흡수했음을 알았다.

그것은 마인이 마공 연마를 위해 인간을 희생물로 삼는 것과 같은, 아니, 그보다 더 철두철미한 포식이었다.

한없이 원기에 가까운 일월성신의 기운은 다른 기운을 모조리 녹여 버린다. 외기를 받아들인다고 해서 마인처럼 기질이 혼탁해지고 불안정해지는 부담조차 없는 것이다.

"일월성단 셋만으로는 부족했던 거지. 그 셋의 기운을 녹여내는 것은 일월성신이라는 특수한 그릇을 구성하는 핵심이지만, 그릇의 크기를 확장하고 그 안을 가득 채우려면 결국 외부로부터 기운을 끌어 와야 한다."

그렇기에 알로 자신을 감싸고 시설로부터 기운을 흡수하면서 급격하게 커다란 그릇을 형성해 갔다. 그리고 최종적으로 인간을 먹어치워서 일월성신의 기운으로 녹여 버림으로써 그릇을 채운 것이 지금의 유명후였다.

─대단하군요.

유명후가 감탄한 나머지 박수를 쳤다.

귀혁은 소름 끼치도록 정확하게 진실을 통찰하고 있었다. 하나도 틀린 말이 없어서 유명후도 잠시 할 말을 잃고 말았다.

윤호현이 믿을 수 없다는 듯 유명후에게 물었다.

"명후야, 설마 영성의 말이 사실이냐?"

─맞습니다. 최강의 무인일 뿐만 아니라 다방면에 걸쳐 뛰어난 학자이기도 하다더니 정말 대단하군요. 그 짧은 시간에 그걸 다 알아내다니…….

유명후는 주저 없이 대답했다. 윤호현의 표정이 일그러졌다.

"어째서 그런 짓을 한 게냐?"

─필요했기 때문입니다.

"사람을 먹어치우는 일이 어떤 경우에 필요하단 말이냐?"

─저라는 위대한 존재를 탄생시키기 위해서입니다. 인간에서 신인으로 거듭나는 순간이 아니라면 그렇게 급격하게 그릇을 확장시키고 그릇을 담을 수 없거든요.

"명후야……."

─그런 표정 짓지 마시지요. 가슴 아프잖습니까?

유명후가 키득거리며 웃었다.

─대업에는 희생이 따르는 법입니다. 세계의 운명을 바꾸고 억조창생의 삶을 희망으로 인도할 유일무이한 초인을 탄생시키는 데 고작 이 정도 희생이라면 아주 싼값이 아니겠습니까?

"더 이상은 못 들어주겠구나."

잠자코 있던 귀혁이 싸늘한 목소리로 말했다.

쾅!

다음 순간 공간을 격한 기운이 유명후를 후려쳤다. 폭음이 울리며 유명후의 몸이 허공으로 떠올랐다.

하지만 유명후는 태연했다. 귀혁이 발한 격공의 기는 그를 해하지 못했다. 빛으로 이루어진 그의 몸 주변에는 보이지 않는 호신장벽이 펼쳐져 있어서 모든 외부의 충격으로부터 그를 보호했다.

귀혁은 개의치 않았다.

퍼엉! 퍼퍼퍼퍼펑!

뒤이어 쏟아지는 유성혼이 유명후를 튕겨내기 시작했다. 유명후는 자세조차 바꾸지 않고 소나기처럼 쏟아지는 유성혼을 받아내면서 물었다.

―사람들이 걱정되어서 자리를 바꾸고 싶은 겁니까? 흠, 그 정도는 굳이 이렇게 힘쓰지 않아도 들어드릴 수 있습니다만?

어느 순간 유명후가 허공에서 가속했다. 유성혼의 소나기를 뚫고 대지를 딛는 순간 폭음이 울려 퍼졌다. 지면이 터져 나가면서 그 반동으로 유명후가 진해성 서쪽의 광운산맥 안쪽으로 빛의 궤적을 그리며 쏘아져 나갔다.

―따라들 오시지요. 슬슬 기다렸던 사람들이 다 모이는 것 같군요. 주변을 신경 써서 힘을 제대로 못 쓴다면 그건 제 의도에 어긋납니다.

그 말에 귀혁이 흘끔 뒤쪽을 바라보았다.

풍성 초후적과 성운검대주 고동준이 무시무시한 속도로 달려오고 있었다. 둘 중 하나는 부하들을 이끌고 올 줄 알았더니 일단 현장에 오는 것이 최우선이라고 판단한 모양이다.

―영성! 상황을 알려주겠나?

광풍을 일으키며 달려오는 고동준이 전음을 날렸다. 귀혁이 간략하게 말했다.

　—유명후가 스스로 초인이라고 주장하는 괴물이 되었다. 탄생 과정에서 의도적으로 사람을 잡아먹는 마인이다. 몇 명이나 잡아먹었는지는 모르겠지만 막대한 힘을 얻었고, 우리와의 싸움으로 자기 힘을 확인하고 싶어 하는군. 새로 얻은 장난감을 갖고 놀고 싶어서 안달이 난 어린애 같아.

　—명쾌한 설명 고맙군. 그냥 때려잡으면 장로님들이 뭐라고 할 것 같은데?

　—장로회 명령을 기다리겠나? 그럼 천천히 오도록. 나는 혼자서라도 싸우고 있을 테니.

　귀혁은 그 말을 끝으로 실제로 몸을 날렸다. 고동준이 초후적을 바라보며 물었다.

　—풍성, 어쩌겠나?

　—명령을 기다리고 있을 상황은 아닌 것 같군요. 영성과 싸우다가 도주하기라도 하면 그게 가장 최악의 상황입니다.

　—음……!

　고동준이 신음했다. 초후적의 말에 동감했기 때문만은 아니었다. 가까이 와서 보니 연구 시설의 피해가 막심한 것을 알 수 있었기 때문이다.

　이런 참상을 의도적으로 일으켰다면 아무리 가치 있는 존재라고 해도 놔둘 수 없다. 유명후가 오만에 빠져서 자신들과 전부 싸우겠다고 하는 지금 해치우지 않으면 골치 아플 것이다.

　─좋아. 잡도록 하지.

　고동준과 초후적이 한층 가속해서 귀혁의 뒤를 따랐다.

　그리고 곧 넋이 나간 듯 그 자리에 서 있던 수성 윤호현도 자신의 무기, 검푸른 언월도를 쥐고 몸을 날렸다.

8

　유명후는 한 번 도약할 때마다 100장(약 300미터) 가까운 거리를 뛰어넘었다. 놀라운 속도로 산맥을 가로지르던 그가 산봉우리 위에 착지해서 주변을 둘러보며 중얼거렸다.

　─괜찮은 경치군.

　그리고 곧 그의 감각이 귀혁이 고속으로 접근해 오는 것을 파악했다. 유명후가 그에게 던질 인사말을 궁리할 때였다.

　쾅!

　빛의 파문이 일며 그의 몸이 충격으로 튕겨 나갔다.

　─이런, 멋이라고는 모르는 분이시…….

　쾅! 쾅! 콰콰쾅!

　귀혁은 그의 말에는 신경도 쓰지 않고 격공의 기를 난사했다. 그러자 금세 유명후의 표정이 굳어졌다.

―어떻게?

초격은 100장 밖에서, 2격은 50장 밖에서, 3격은 20장 밖에서 날아들었다.

그리고 간격이 줄어들 때마다 공격 사이의 시간 차도 짧아지고 충격이 더 거세졌다. 놀라운 것은 공격이 그야말로 일점에 집중되었다는 점이다. 연속적인 공격을 바늘구멍만 한 오차도 없이 한 점으로 집중시키자 유명후의 호신장벽에 구멍이 뚫렸다.

유명후가 그제야 몸을 움직여 대응하려고 했다. 하지만 귀혁이 기다렸다는 듯 동시다발적으로 발한 일곱 발의 격공의 기가 그의 의표를 찔렀다.

지금까지 소름 끼치도록 정밀하게 한 점을 타격하던 것과 달리 이번 격공의 기는 몸 곳곳을 밀어내듯이 타격했다. 그것은 유명후가 움직이려는 방향으로 조금씩 힘을 더해주는 타격이었다.

자세가 흐트러진 유명후의 가슴팍을 귀혁의 주먹이 강타했다.

―커억……!

유명후가 쏜살처럼 날아가 다른 산봉우리에 처박혔다.

쾅!

산봉우리가 끊어지면서 그의 몸이 그 건너편으로 튕겨 나왔다.

다음 순간, 추격해 온 귀혁이 그를 따라잡고 일권을 날렸다. 그러나 유명후는 거짓말처럼 몸을 반전하며 발차기로 반격, 귀혁의 방어 위를 강타했다.

"큭!"

이번에는 귀혁이 날아갈 차례였다.

귀혁은 유명후와 달리 광풍혼으로 자세를 제어하면서 암벽을 달리듯이 궤도를 바꾸고 다시 날아올랐다. 하지만 워낙 날아가던 기세가 강렬한 탓에 산들을 딛고 날고, 또 날고, 다시 난 후에야 멈출 수 있었다.

유명후가 말했다.

ㅡ놀랍군요. 과연 최강의 무인이라 칭송받을 만한 기술이었습니다.

유명후는 아직 격공의 기를 터득하지 못했다. 그의 무공 수준은 허공섭물과 의기상인에 머물러 있었다.

신인이라 주장하는 지금도 그 사실은 변하지 않았다. 인간이던 시절에는 없었던 특수한 능력들이 생기기는 했지만 무공만은 인간이던 시절과 같다.

그래서 자기가 인식하지 못하는 공격을 막기 위한 호신장벽을 펼쳐둔 것인데 설마 이런 식으로 틈을 만들어내고 정타를 먹일 줄이야. 솔직히 감탄했다.

후우우우……!

휘몰아치는 빛이 유명후의 가슴팍, 귀혁에게 맞은 지점으로 빨려 들어갔다.

귀혁의 일권이 준 타격은 컸다. 산도 부술 기운이 실려 있었던 데다 유명후의 특성을 고려해서 침투경의 묘리까지 더해져 있었다. 인간이었다면 몸이 완전히 가루가 되었으리라.

하지만 유명후의 존재 구성력은 인간과는 비교를 불허한다. 또한 인간과 달리 약점이 되는 내부 장기 등이 존재하지 않는다. 그렇기에 내부 구조가 망가진 것도 막대한 기운으로 금세 재생할 수 있었다.

문득 그가 빙긋 웃었다.

─여러 가지를 시험해 보시는군요. 안 통합니다.

귀혁이 은밀하게 의기상인으로 그를 건드려 보고 있었다.

하지만 그의 몸을 감싼 호신장벽은 모든 외부 기운의 간섭을 막는다. 조금 전처럼 호신장벽에 구멍을 뚫지 않으면 의기상인도, 허공섭물도, 격공의 기로도 그의 몸에 직접 닿을 수 없다.

귀혁이 말했다.

"그 빛 자체가 껍질이군."

─바로 보셨습니다. 영성의 통찰력은 정말 놀랍군요. 저

같은 존재는 사상 최초인데 어떻게 척척 알아내시는지…….

"무식한 놈이로구나."

—네?

"너 같은 존재가 없었다니, 무지하고 오만한 소리다."

—그럼 있었습니까?

"딱 너 같은 존재를 꼽으라면 너밖에 없겠지. 하지만 너를
이루는 각각의 구성품을 놓고 보면 비슷한 존재들은 얼마든
지 있다. 특히 마교 놈들의 도우미 중에서 많았지. 고위 환마,
마수, 요괴… 흠. 어째 예시로 떠오르는 것들이 죄다 사악한
것들뿐이로군."

—그저 도발하려고 하시는 말씀은 아닌 것 같군요. 좀 관심
이 생깁니다. 이 싸움이 끝나고 나면 알아볼 겸 처리해야겠습
니다.

"뭘 말이냐?"

—흑영신교와 광세천교를. 두 마교를 없앤다면 만인이 우
러러볼 불멸의 업적 아니겠습니까?

"거참."

귀혁이 기가 막혀했다.

"넌 대체 무얼 하고 싶은 게냐?"

—아예 청중이 다 모이면 이야기하지요.

유명후가 먼 곳을 바라보며 말했다.

제일 먼저 풍성 초후적이 도착해서 북쪽의 봉우리에 섰다. 다음으로 성운검대주 고동준이 남쪽의 암벽 위에 섰다.

그리고 마지막으로 수성 윤호현이 동쪽을 점하고 섰다. 서쪽의 귀혁까지 동서남북을 전부 포위한 형국이었다.

─다들 늦으셨군요. 그럼 이제 제 목적을 말씀드리겠…….

"영성이 그런 쓸데없는 것을 듣고 싶어 했나? 난 알고 싶지 않다."

초후적이 다짜고짜 도를 휘둘렀다. 심즉동으로 펼쳐진 심도(心刀)가 공간을 격하고 유명후가 있는 자리를 거대한 빛의 궤적으로 베어냈다. 그 궤적에 걸린 모든 물질이 흔적도 없이 소멸해 버렸다.

그러나 유명후는 멀쩡했다.

─아무리 제가 새파란 후배라지만 최소한의 예의는 지키는 게 어떻겠습니까?

"예의를 지킬 놈이 있고 그러지 않을 놈이 있지."

초후적은 당황하는 대신 또다시 심도를 날렸다.

─절혼도(絶魂刀)!

이번에는 거기에 담긴 심상이 달라졌다. 절대적인 파괴의 심상 대신 정신과 육신의 연결을 끊어버리는 심상이 담겨 있었다.

결과는 마찬가지였다. 유명후는 멀쩡하게 빛의 궤적을 뚫고 걸어 나왔다.

─연수합격을 펼칠 거라면 정보 정도는 공유하는 게 낫지 않겠습니까? 영성께서 이미 시험해 보신 것을 쓸데없이 반복하다니.

애처롭다는 듯 혀를 차는 그의 손에 빛으로 이루어진 무기가 나타났다. 긴 자루에 완만하게 휘어진 날이 달린 8척(약 2미터 40센티) 길이의 장병, 언월도였다.

성운검대주 고동준이 수염을 쓰다듬으며 말했다.

"반짝반짝 빛나는 애송이가 심상경을 다 안다는 듯이 말하는 투가 재수 없군."

─더 보여주실 게 있다면 얼마든지 보여주셔도 됩니다만. 하지만 그 전에 잠깐 제 이야기 좀 들어주시지 않겠습니까? 자꾸 이러시면 저도 좀 험악하게 대화를 강요할 수밖에 없습니다.

유명후가 허공에다 대고 빛의 언월도를 휘둘렀다. 순간 초후적이 급히 몸을 날렸다. 간발의 차로 섬광의 띠가 그가 있던 자리를 가르고 지나갔다.

쫘과과과광!

뒤쪽에서 어마어마한 폭발이 솟구쳤다. 산봉우리 하나가 비스듬하게 갈라져서 무너져 내려졌다.

이 무시무시한 무력 과시에도 귀혁은 눈 하나 깜짝하지 않고 고개를 끄덕였다.

"꽤 인상적인 힘자랑이군. 그 재롱을 봐서 이야기를 들어 주마. 지껄여 봐라."

―감사하다고 해야 하나요? 좋습니다. 제 목적은 한 마디로 요약할 수 있습니다.

"짧다니 인내심을 시험할 필요가 없을 것 같아서 다행이구나."

―대륙 통일입니다.

"……."

―그런 표정 짓지 마시지요. 진심입니다. 역사상 누구도 하지 못했던 위업을 달성하고 만인이 인정하는 유일무이한 황제가 되겠습니다. 그리고 노쇠와 죽음을 모르는 이 몸이 지배하는 항구적인 평화를 이룩하는 겁니다.

"참 흔해 빠진 망상이구나. 황실 관계자가 들었다면 대역죄가 어쩌고저쩌고 하면서 노발대발했겠군."

―흔해 빠졌다는 것은 그만큼 많은 이가 바랐다는 것 아니겠습니까? 만인이 열망하나 이루어지지 못했을 뿐입니다. 위업을 이룬 선대를 두었다는 이유만으로 그 후손이 신수의 일족의 가호를 받아가면서 대대손손 권좌를 이어받는 체제 따위는 이쯤에서 끝낼 때가 되었습니다.

"더는 못 들어주겠군. 할 말 끝난 걸로 알고 시작해도 되겠느냐? 이래 봬도 여기 모인 어르신들의 시간은 금보다도 비싸다. 너처럼 망상에 젖어서 허우적거리는 마인 따위하고는 비교할 수가 없지."

─사람 심기를 건드리는 재주도 탁월하시군요.

유명후가 어깨를 으쓱했다. 그리고 곧바로 땅을 박차고 귀혁에게 달려들며 빛의 언월도를 휘둘렀다.

콰콰콰콰콰!

귀혁이 감극도로 받아내면서 뒤로 물러났다. 제자리에서 받아낼 수 없을 정도로 빠르고 강맹한 공격이었다.

'힘과 속도만큼은 인정할 만하군. 우리가 아니라면 일순간에 당했겠어.'

귀혁이 그런 생각을 했을 정도로 유명후의 움직임은 빠르고 강했다.

그것은 이 자리에 모인 네 명 정도가 아니고서는 공방 자체가 불가능한 힘과 속도다. 형운이 이 광경을 보았다면 암흑인을 떠올렸으리라.

투학!

그러나 어느 순간, 귀혁이 언월도를 비껴내면서 일장을 때려 넣었다. 유명후의 호신장벽이 흔들리는 순간, 연거푸 꽂히는 공격이 그를 물러나게 만들었다. 그리고 크게 호를 그리며 떨어진 귀혁의 발차기가 유명후의 방어 위를 강타했다.

폭음이 울리며 유명후의 무릎이 꺾이고 지면이 터져 나갔다. 하지만 귀혁도 더 추가타를 가하지 못했다. 유명후가 전방위로 기공파를 방출했기 때문이었다.

콰아아아아앙!

전방위로 방출되는 섬광은 단번에 육신을 불태울 강력한 열기를 담고 있었다.

광풍혼으로 그것을 받아내며 물러난 귀혁이 중얼거렸다.

"힘으로 미는 것 말고는 재주가 없지만 그 하나가 아주 특출하군."

공방을 이끌어가는 솜씨는 귀혁에게 한참 못 미친다. 하지만 움직임 하나하나가 빠르고, 반응 속도도 전광석화라서 도무지 허점을 찌를 수가 없었다. 이쪽이 허점을 보고 가한 공격이 반쯤 펼쳐진 시점에서 유명후가 반응을 시작해도 따라잡힐 정도로 속도 차가 크다.

귀혁도 무심반사경으로 공방을 벌일 때마다 반 수씩 앞서간 끝에 정타를 넣을 수 있었다. 하지만 그것도 전방위로 방출되는 막대한 힘 앞에서 끊기고 말았다.

"하지만 그게 얼마나 갈까?"

귀혁이 싸늘하게 미소 짓는 순간이었다.

구우우우웅······!

육중한 소리가 울려 퍼지면서 유명후가 휘청거렸다.

중압진이었다. 막대한 압력에 휘청거린 유명후가 거기에 저항하는 순간, 귀혁은 미련 없이 중압진을 풀어버렸다.

전신을 짓누르던 압력이 한순간에 사라지자 유명후의 균형이 무너졌다. 그리고 그 틈을 타고 성운검대주 고동준의 검기가 등 뒤를 강타했다.

—큭! 본격적으로 해볼 셈입니까?

"설마 넷을 한꺼번에 상대하겠다고 해놓고 비겁하다고는 하지 않겠지?"

고동준이 히죽 웃었다. 그의 양손에 쌍검이 들려 있었다.

쉬쉬쉬쉬쉭!

또한 그의 주변에는 다섯 자루의 검이 마치 살아 있는 것처럼 떠다니고 있었다. 단순히 허공섭물로 검을 조종하는 것이 아니다. 의기상인의 힘으로 막대한 진기를 담아 특수한 무공을 펼치는 기술이었다.

콰콰콰콰콰!

그리고 광풍이 휘몰아치기 시작했다.

거리를 좁혀온 풍성 초후적이 일으킨 도기의 광풍이었다. 바람의 결에 닿기만 해도 바위가 종잇장처럼 찢겨 나가는 도기가 유명후를 휘감았다.

—흥!

유명후가 호신장벽으로 도기의 광풍을 버텨내면서 언월도

를 휘둘렀다.

그러자 휘몰아치던 도기의 광풍이 일격에 갈라졌다. 그것으로도 모자라서 유명후의 언월도 궤적을 따라서 일어난 기운이 전방을 가르고 지나갔다.

쿠구구구……!

거기에 걸린 산이 무처럼 잘려 나가면서, 매끄러운 절단면 때문에 비스듬하게 미끄러지기 시작했다.

유명후는 그 붕괴를 지켜보는 대신 가로로 한 번 더 그었다. 고동준과 초후적을 일거에 베어가는 궤도였다.

"흠!"

두 사람이 질풍 같은 움직임으로 그 궤도에서 피했다. 미처 그 회피 동작이 끝나기도 전에 유명후가 고동준을 따라잡았다.

"허어!"

고동준이 놀랐다. 움직임이 얼마나 빠른지는 귀혁과 벌인 공방으로 파악했다. 하지만 설마 정지 상태에서 뛰어드는 속도도 이토록 빠를 줄이야?

폭음이 울리며 고동준의 몸이 지상으로 튕겨 나갔다. 하지만 유명후는 혀를 찼다. 아직 자세를 회복하지 못했던 고동준이 어떻게 자신의 공격을 처리하는지 보았기 때문이다. 고동준은 자연체를 취하면서 언월도의 공격에 몸을 실음으로써 빠져나갔다.

유명후는 곧바로 추격해 들어가려고 했지만 그 순간 초후적이 격공의 기로 그의 몸통을 강타했다. 유명후가 짜증을 내며 도기로 반격하자 이번에는 귀혁의 유성혼이 뒤통수를 후려갈겼다.

─날파리처럼 짜증 나는군요!

"그런 걸 짜증 낼 거라면 애당초 넷을 한꺼번에 상대하겠다고 하지 말았어야지. 이제야 자기가 얼마나 짜증 나는 상황을 자처했는지 감이 오느냐?"

귀혁이 연달아 유성혼을 뿌려내면서 유명후를 조롱했다. 유명후가 언월도로부터 뻗어 나간 도기로 공격을 잘라내면서 날아오르는 순간, 위쪽에서 불길한 소리가 엄습해 왔다.

꽈과광!

고동준이 조종하는 검이 무시무시한 속도로 내리꽂혔다. 아슬아슬하게 그것을 받아낸 유명후가 지상으로 추락한다. 하지만 그보다 더 빨리 두 자루의 검이 날아들었고, 그것을 받아내는 순간 다시 다른 두 자루의 검이 추격해 왔다.

─이까짓 잔재주가 통할 것 같습니까?

유명후가 다시금 전방위 기공파로 검들을 뿌리치려는 순간이었다.

─검뢰폭(劍雷爆)!

마른하늘에서 벼락이 쳤다.

뇌기가 발생한 지점은 처음 유명후를 쳐서 떨어뜨리고 하늘에 멈춰 있던 검이었다. 그로부터 발생한 뇌격이 유명후를 포위하다시피 달라붙은 네 자루의 검에 떨어져서 증폭, 그대로 그 안쪽으로 집중되어 폭발했다.

꽈르릉! 꽈광!

청백색 뇌격이 작렬하면서 다섯 자루 검이 튕겨 나갔다.

—거, 검기를 뇌기(雷氣)로 바꾼 건가?

유명후가 경악했다. 고동준이 펼친 절기는 유명후의 호신 장벽을 뚫고 타격을 입혔다.

그리고 그 타격을 회복하기도 전에 초후적이 먼 곳에서 도기를 내려쳤다.

유명후는 아슬아슬하게 언월도를 들어서 그것을 받아냈다. 하지만 그 순간 언월도를 쥔 팔 아래쪽을 격공의 기가 비스듬한 각도로 때렸다.

방어를 위해 들어 올린 팔을 밀어버리는 교묘한 공격에 유명후의 균형이 흐트러졌다. 그리고 화끈한 충격이 몸통을 가르고 지나갔다.

—아……!

강맹한 도기를 날려서 방어하게 만들고, 교묘한 각도로 격공의 기를 때려 넣어서 균형을 무너뜨린다. 그리고 급가속해서 뛰어들면서 찰나의 틈을 찌른 것이다.

귀혁도, 초후적도 격공의 기를 단순 타격용으로 쓰는 데 그 치지 않고 절묘한 활용을 보여주고 있었다. 그들에게는 허공 섭물도, 의기상인도, 격공의 기마저도 전부 자신의 의도를 구현하는 도구에 불과했다.

—멋지군. 한 방 먹었습니다.

하지만 유명후는 개의치 않았다. 몸통이 반쯤 갈라졌는데 도 개의치 않고 손을 들어서 기공파를 쏘았다.

초후적이 경악했다. 뒤쪽에서 빛이 어마어마한 기세로 확장하면서 몰려오고 있었다. 막 혼신의 일격을 가한 그로서는 피할 수 없는 공격이었다.

섬광이 폭발하면서 산을 집어삼켰다.

9

무인들끼리의 싸움이 재해와 비견될 수 있는가?

여기에 그 질문의 답이 있다.

일권으로 산세를 깎아내고, 칼질로 산을 두 조각 내는 자들 이 광운산맥의 지형을 완전히 뒤집어엎으면서 격전을 벌이고 있었다.

쿠구구구구⋯⋯.

폭발에 의해 흙먼지가 뭉게뭉게 피어오르는 가운데 유명후가 말했다.

—이제야 싸울 마음이 드셨습니까, 스승님?

"명후야……."

기껏 함께 포위해 놓고 여태까지 손을 쓰지 않았던 수성 윤호현이 유명후를 노려보고 있었다.

그가 위기에 처했던 초후적을 구했다. 반전해서 받아치면서 이탈하려던 초후적을 절묘한 허공섭물로 날려주었던 것이다. 덕분에 초후적은 아슬아슬하게 공격 범위 밖까지 빠져나올 수 있었다.

"이제야 마음을 정리했나 보군, 수성. 사제 간의 정 때문에 빠져 있을 때가 아니야."

고동준이 재차 다섯 자루의 검을 허공에다 띄우며 말했다.

지금까지의 전투 전개 양상을 보면 네 무인이 유명후를 압도하는 것처럼 보인다. 하지만 사실은 그렇지 않다는 것을 넷 모두 알고 있었다.

유명후와 공방을 벌여서 허점을 만들고 정타를 먹이는 것까지는 문제가 없다. 하지만 유명후의 방어력과 내구도가 너무 강하다. 몸통에 필살의 일격이 정통으로 들어갔는데 죽기는커녕 아랑곳하지 않고 기공파를 날릴 줄이야.

게다가 갈라졌던 몸통도 금세 원상 복구되었다. 아까 전,

귀혁이 정타를 먹였을 때와 마찬가지였다.

귀혁이 다른 세 명에게 전음을 날렸다.

─인간의 모습을 하고 있고, 움직임 역시 인간과 동일한 방식이지만 내부 구조는 인체와 완전히 다르다. 어디까지나 의념으로 통제되는 막대한 기운 덩어리로 봐야겠군. 정타를 넣어도 부상이 아니라 형상의 일부가 잠깐 망가지면서 기운을 소실하는 것에 그치는 것 같다.

─즉 치명타를 가했다고 안심하면 안 된다는 거군.

─그래. 그랬다가는 풍성처럼 망신을 당하게 되겠지.

귀혁의 비아냥에 초후적의 표정이 일그러졌다. 딱히 치명타를 가했다고 마음이 풀어졌던 것은 아니다. 그저 처음부터 부담을 지고 혼신의 일격을 날렸기 때문에 잠시 틈이 생긴 것일 뿐.

하지만 초후적은 굳이 변명하지 않았다. 그것이 바로 유명후를 상대하는 게 힘겨운 이유임을 알기 때문이다.

완벽한 기회를 포착했다고 하더라도 강한 일격을 날린 직후에 어쩔 수 없이 빈틈이 생기게 마련이다. 그리고 타격을 당했을 때의 반응이 인간과는 다른 유명후를 상대로는 완벽한 공격 성공 후의 틈이라도 치명적인 위험이 된다.

즉 이제부터는 일격일격의 위력을, 허점이 드러나지 않을 정도로만 제약한 채로 싸워야만 한다. 그것도 끝이 안 보이는 여력을 지닌 적을 상대로 하면서.

고동준이 혀를 찼다.

"짜증 나는 소모전이 되겠군. 저놈의 여력이 먼저 바닥날지, 아니면 우리가 때리다 지치는 게 먼저일지의 승부인가?"

"정확히 짚었다."

귀혁이 시큰둥하게 대답했다.

유명후가 씩 웃었다.

─짜증 나는 것은 서로 마찬가지라는 것을 깨달으신 것 같군요. 자, 그럼 다시 시작해 볼까요?

10

광운산맥에 재앙이 강림했다.

섬광이 폭발하고 열풍이 휘몰아친다. 동에 번쩍 서에 번쩍 수십 장 단위로 전장을 이동하면서 갖가지 파괴가 이루어졌다. 산봉우리가 잘려서 떨어지고, 산세가 갈라지며 폭발하고, 숲을 뒤집어엎으면서 네 명의 무인과 한 명의 괴물이 격돌했다.

유명후가 바닥을 쓸듯이 빛의 언월도를 휘둘렀다.

콰콰콰콰콰콰!

그 궤도로부터 쏟아진 기운이 지면을 통째로 들어냈다. 해일처럼 일어난 토사가 초후적과 고동준을 노렸다.

너무 광범위해서 피할 길이 없다. 두 사람은 주저 없이 공세를 펼쳤다. 검기와 도기가 토사의 해일을 갈라 버리면서 빠져나갈 틈을 만든다.

그 순간 섬광이 작렬했다.

마치 용이 포효하는 것 같았다. 지상의 한 지점에서 비스듬하게 뻗어 나간 빛이 토사의 해일을 관통하고, 궤도에 걸리는 산봉우리를 통째로 증발시켜 버리면서 뻗어 나가서 구름에 구멍을 뚫어놓았다.

"큭! 위험했군."

고동준이 연기를 뿜어내며 추락했다. 그는 지상에 추락하기 직전 능공허도로 궤도를 바꾸면서 지면 위를 미끄러졌다. 뒤를 따라온 세 자루의 검 중 하나가 발밑을 받쳐서 그를 하늘로 띄워주었다.

뒤이어 그 지점을 유명후가 쏜 한 줄기 섬광이 꿰뚫었다. 지면을 강타한 섬광은 무시무시한 파괴력으로 수십 장의 지면을 불태웠다.

쿠구구구……!

유명후는 추가타를 가하지 못했다. 다른 방향에서 귀혁과 초후적이 공세를 펼쳐서 그를 난타했기 때문이다.

그리고 두 사람이 유명후의 움직임을 막는 사이, 윤호현이 여유를 두고 기운을 모아서 언월도를 벼락처럼 휘둘렀다. 사선으로 유명후의 몸통부터 하반신까지를 베어버리는 일격이었다.

콰창!

그러나 완벽한 기회를 포착하고 들어갔던 일격은 완벽하게 가로막혔다. 유명후가 윤호현과 똑같은 기술을 펼쳐서 막아냈기 때문이다.

윤호현이 경악했다.

"완전히 인간이기를 포기한 것이냐?"

─듣기 안 좋군요. 초월했다고 하시지요.

유명후가 웃었다.

방금 전의 대응은 기괴했다.

유명후는 윤호현에게 등을 보인 채로 귀혁과 초후적의 공세를 방어하고 있었다. 그런데 윤호현이 공격을 가하는 순간, 그의 몸이 변화했다. 앞을 보고 있던 자세에서 뒤를 보는 자세로.

몸을 돌릴 것도 없이 몸의 형상 그 자체를 변화시켜 버린 것이다.

인간의 형상을 흉내 낼 뿐, 그 본질은 기운의 덩어리일 뿐이기에 가능한 대응이었다.

"크윽……!"

윤호현이 신음하며 튕겨 나갔다. 충격으로 내장이 진탕했다.

기술의 완성도와 그 속에 실린 묘리는 윤호현이 압도적으로 위였다. 그러나 유명후는 생각지도 못한 대응 방식으로 의표를 찔렀고 힘과 속도 면에서는 윤호현을 압도했다.

이런 요소들이 더해지자 윤호현이 내상을 입고 패퇴하는 결과가 나오고 말았다.

그래도 윤호현은 호락호락 당해주지 않았다. 유명후가 다음 수를 쓰기 전에 격공의 기가 턱을 올려쳤다. 그리고 뒤이어 발로 차는 것과 동시에 의기상인으로 기운을 싣고, 허공섭물로 가속시킨 돌멩이들이 연달아 유명후를 강타했다.

쾅! 콰쾅!

돌멩이를 날렸을 뿐인데 폭음이 울려 퍼졌다. 뒤로 튕겨나간 유명후가 땅에 발을 콱 박아서 멈추는 순간이었다.

"이놈! 귀찮은 수를 쓰는구나!"

은밀하게 다가온 고동준의 검이 유명후의 언월도에 가로막혔다. 조금 전 윤호현을 막아낸 것과 마찬가지로 몸을 돌리지 않고 변화시키는 대응이었다.

연거푸 폭음이 울려 퍼지며 쌍검과 언월도가 격돌했다. 속도와 위력 면에서는 유명후의 압승이었다. 그러나 고동준은 고도의 통찰력과 능수능란한 검술로 그 격차를 메워냈다.

하지만 그것도 잠시였다. 수백, 수천 번이라도 최고 속도의 공격을 무호흡 상태로 쳐낼 수 있는 유명후와 장시간 격돌하는 것은 불가능했다.

고동준은 주변에 띄워둔 검 중 두 자루를 돌격시켜서 틈을 만들고 뒤로 빠졌다. 유명후가 곧바로 추격하면서 기공파를 쏘아냈다.

파아아아!

그러나 고동준 주위에 떠 있던 검 중 하나가 날아가서 기공파에 충돌, 궤도를 약간 틀어놓고 떨어졌다. 고동준이 씩 웃었다.

"애송아, 내 검이 몇 개로 보이느냐?"

—음?

유명후가 의아해했다. 처음에 고동준은 분명 다섯 자루의 검을 띄워두고 있었다. 그런데 왜 지금은 세 자루밖에 없었을까?

답은 곧 알 수 있었다.

—천벌검(天伐劍)!

불꽃을 휘감은 검 두 자루가 소리가 울려 퍼지는 것보다도 빠르게 떨어져서 유명후를 강타했다.

콰아아아앙!

대폭발이 일어났다.

까마득한 고도까지 검을 띄워 올렸다가 낙하하는 힘을 이용, 막대한 파괴력을 일으키는 고동준의 비기였다. 단 두 자루의 검이 내리꽂힌 것만으로 주변의 지형이 완전히 변하고 호흡하는 것만으로도 몸속이 불타 버릴 열기가 끓어올랐다.

네 무인은 이런 상황에서도 공세를 멈추지 않았다. 열기를 걷어내면서 접근, 기공파로 융단폭격을 가했다.

—크, 으으, 으으윽……!

과연 안쪽에서 고동준의 고통스러운 신음이 울려 퍼졌다.

하지만 다음 순간, 기공파 폭격을 가르면서 장대한 섬광이 뻗어 나왔다.

일순간 눈에 보이는 모든 것이 빛으로 물들었다. 압도적인 파괴력이었다. 네 무인이 혼신의 힘을 다한 비기로만 가능한 파괴력을 유명후는 그저 손발을 강하게 놀리는 정도의 부담만으로 내고 있었다.

"무조건 나부터 잡아보겠다 이거냐?"

흩어져서 피한 네 무인 중 고동준 앞에 불쑥 유명후가 나타났다. 고동준은 찔러오는 언월도를 좌검으로 비껴내고 우검을 찔렀다. 유명후가 그것을 피하는 순간, 등 뒤에서 날아든 검이 그의 허벅지를 관통했다.

"목이 날아가도 살아 있는지 볼까?"

고동준이 회심의 미소를 짓는 순간이었다.

콰아아아앙!

유명후가 폭발했다.

"저런!"

그 광경을 본 윤호현이 경악성을 토했다.

폭발에 삼켜진 고동준이 연기를 뿌리면서 날아가서 숲에
처박혔다. 죽었어도 이상하지 않아 보였다.

마치 그것을 기다렸다는 듯 폭연을 뚫고 유명후가 솟구쳤
다. 그는 다른 세 사람이 반응할 틈조차 주지 않고 고동준의
추락 지점에다 섬광을 갈겼다.

콰아아아앙!

사나운 폭발이 수십 장을 집어삼켰다.

―빚은 갚았습니다, 성운검대주.

11

유명후가 웃으면서 세 무인을 바라보았다.

귀혁이 신음했다.

"분화라니, 그사이에 새 능력을 개발한 건가?"

―영성께서는 신통력이라도 있으십니까? 제가 뭘 해도 한
번에 척척 알아보시는군요.

유명후가 혀를 내둘렀다.

조금 전에 자폭한 것은 그가 만든 분체였다. 본체는 폭발 속에 숨은 채로 몸을 이루는 기운 일부를 담은 분체를 형성해서 고동준을 속여 넘긴 것이다.

원래부터 빛으로 이루어진 형상이기에 똑같이 생긴 분체를 만들기는 쉬웠다. 방출하는 기파의 세기만 비슷하게 조종했을 뿐인데도 고동준 정도의 고수가 속아 넘어갔다.

'우리와 싸우면서 빠르게 잠재력을 개화하고 있군. 궁지에 몰릴수록 빠르게 발전하는 건가?'

골치 아픈 일이다. 장기전을 강요받고 있는데 길게 끌면 끌수록 불리해진다니.

게다가 도무지 유명후가 어느 정도 타격을 입었는지 짐작하기 어렵다는 것도 문제다. 부상이 드러나는 것도 아니고, 진기를 다루는 방식도 기심법의 굴레를 탈피했다.

즉 일반 무인과는 완전히 다른 잣대로 분석해야 하는데 그 잣대가 불분명한 상황인 것이다.

'형운이 이 자리에 있었다면 좀 편했을 것을.'

일월성신의 눈이라면 유명후의 상태도 꿰뚫어 볼 수 있었을 것이다.

'허어, 내가 이런 생각을 하다니.'

문득 귀혁은 신기한 기분에 사로잡혔다. 살면서 자신이 전장에 제자가 없는 것을 아쉬워하는 날이 올 줄은 상상도 못했기 때문이다.

정말 세상은 오래 살고 볼 일이다. 이 기분을 또 느끼기 위해서라도 오래 살아야겠다는 생각이 들었다.

"어디 그럼……."

운을 떼는 것과 동시에 귀혁이 허공에다 가볍게 주먹을 뻗었다. 동시에 초후적이 도를 휘둘렀다.

다음 순간 두 줄기 빛이 유명후를 중심으로 교차했다.

……!

만상붕괴(萬象崩壞)가 일어났다.

절대적인 파괴의 심상을 구현하는 두 기술이 격돌한 여파였다. 상처 입은 세계가 내지르는 고통의 비명이 압도적인 의념의 충격파가 되어 주변을 휩쓸었다.

이번에는 유명후도 무사하지 못했다. 그의 몸속을 기점으로 만상붕괴가 발생하자 빛으로 이루어진 몸이 불꽃처럼 일렁이며 흩어지는 게 아닌가?

─이, 이런 말도 안 되는……!

유명후가 경악했다.

실로 경악스러운 합격기였다.

귀혁이 무극의 권을 펼치자 초후적이 기다렸다는 듯 심도를 펼쳐서 같은 지점에서 충돌시킴으로써 만상붕괴를 일으켰다.

평소 앙숙으로 알려준 두 사람이었지만 이번에는 완벽하게 호흡을 맞췄다. 필요하다면 얼마든지 그럴 수 있을 정도로 기량이 뛰어나기 때문이다.

만상붕괴 속에서 귀혁이 말했다.

"아, 그리고 너는 성운검대주에게 빚을 다 갚았다고 생각한 것 같은데 그 생각은 고치길 권하고 싶구나."

—무슨, 소리를……?

"아무래도 빚이 대폭 늘어날 것 같으니 말이다."

귀혁이 뒤로 물러났다. 그리고 유명후가 미처 상태를 회복하기 전에, 불꽃을 휘감은 검 한 자루가 하늘에서 내리꽂혔다.

대폭발이 일어났다.

고동준은 죽지 않았다. 중상을 입은 몸으로도 신검합일을 펼쳐서 유명후가 날린 기공파를 피했다. 그리고 힘을 쥐어짜서 천벌검을 준비했던 것이다.

세 무인은 폭발이 걷히길 기다리지 않았다. 셋 다 주저 없이 심상경의 절예를 펼쳐서 폭발을 뚫고 돌진했다.

초후적과 윤호현이 신도합일로 유명후를 꿰뚫고 지척에서 나타나났다. 그러나 귀혁은 달랐다.

—무극 감극도(無極感隙道)!

귀혁은 정확히 유명후의 앞에서 육화했다. 그리고 그때는 이미 혼신의 일격을 날리기 직전의 상태가 되어 있었다.

폭음이 울리며 유명후가 날아가 버렸다.

귀혁이 그 뒤를 쫓으며 연거푸 무극 감극도를 전개했다. 기화했다 육화할 때마다 잔뜩 여유를 두고 힘을 모아야 펼칠 수 있는 필살의 일격이 유명후를 강타했다.

첫 일격이 몸통을 함몰시켰다.

두 번째 일격이 왼팔을 뜯어내 날려 버렸다.

세 번째 일격이 머리통을 날려 버리고, 네 번째 일격이 몸통을 반쯤 뜯어내 버렸다.

그리고 다섯 번째 일격이 들어가는 순간이었다. 머리가 날아간 유명후가 하나 남은 팔을 휘둘러서 귀혁을 후려쳤다.

천둥과도 같은 폭음이 울려 퍼지며 귀혁이 튕겨 나갔다.

"정말 괴물이군!"

가까스로 멈춰선 귀혁이 이를 갈았다. 설마 그 상태에서도 반격할 줄이야. 감극도로 막아내긴 했지만 위력을 비껴내지 못해서 팔이 부러져 버렸다. 실로 오랜만에 당해보는 중상이었다.

우드득!

귀혁은 부러진 팔을 바로 맞추고 기를 통제해서 재생하면서 몸을 날렸다.

그사이 초후적과 윤호현이 맹공을 퍼붓고 있었다. 폭풍 같은 공세가 유명후를 난자한다.

하지만 공격이 효과를 보는 것보다 유명후가 형상을 복원하는 것이 더 빠르다.

분명히 때릴 때마다 형상이 망가지는데, 다른 지점은 다시 복원되고 있었다. 그리고 팔다리가 원래대로 돌아오자 유명후가 전방위로 섬광을 폭발시켜서 둘을 밀어내고는 윤호현을 노렸다.

"크억……!"

윤호현이 피를 토하며 나가떨어졌다.

서로 맞찔렀다.

아니, 격돌하는 순간에는 윤호현이 완벽하게 유명후를 격퇴하는 형국이었다. 유명후의 공격을 쳐내면서 심장부터 머리까지를 비스듬하게 베어버리는 일격이 제대로 들어갔다.

문제는 공격이 명중하는 순간부터였다.

유명후의 몸이 너무나도 부드럽게 그 일격에 잘려 나갔다. 그리고 그것에 개의치 않고 몸의 나머지 부분은 돌격해 와서 일격을 먹였다.

인간이라면, 아니, 정상적인 생명체라면 절대 할 수 없는 공격이었다.

─스승님을 얌전하게 만드는 데 이 정도면 싸게 먹혔군요.

유명후에게 있어서 머리나 심장을 관통당하는 것은 죽음

에 이르는 치명상이 아니다. 몸 어디를 잃어도 자신을 구성하는 기운의 일부를 잃는 것에 불과하다. 그의 본질은 고차원적인 영역에 자리한 의념의 통제를 받는 기운 덩어리인 것이다.

급소가 없다. 부상으로 신체 기능이 저하되는 일도 없다.

"이쯤 되면 생명체라기보다는 귀신에 가깝군."

초후적이 투덜거렸다. 그는 너덜너덜해진 웃옷을 찢어서 던져 버리고는 탄탄한 근육질의 상반신을 드러냈다.

─이제 두 분 남았습니다.

"말해주지 않아도 안다. 상당하군그래. 심상경의 고수가 너처럼 되었으면 손도 못 썼을지도 모르겠어."

─아직도 저를 쓰러뜨릴 수 있다고 생각하십니까?

"학습은 너만 하는 게 아니다. 너만큼이나 우리도 너에 대해서 알아가는 중이지. 이제 널 끝장낼 방법을 알겠구나."

귀혁이 이를 드러내며 웃었다.

유명후가 쿡쿡 웃었다.

─허세가 심하시군요. 이제 진기도 절반쯤밖에 안 남으신 것 같은데…….

그 역시 형운처럼 일월성신의 눈을 가졌다. 귀혁과 초후적의 기심과 기맥의 상태를 시각화해서 볼 수 있었다.

이 순간에도 그들의 기심은 빠른 속도로 진기를 생산해서 기맥을 채워간다. 그럼에도 여태까지 소모한 진기가 막대하다. 그리고 이제부터는 더 소모량이 커질 것이다.

"짜증 나는구나. 내게 그런 말을 할 수 있는 것은 내 제자 하나로 족하다."

귀혁이 자세를 바꿨다. 양팔을 벌려서 천천히 회전시키는 묘한 자세였다.

─제자 사랑이 극심하시군요. 걱정 마십시오. 당신을 쓰러뜨리고 나면 당신 제자도 처리해 드리겠습니다.

유명후가 손을 털었다. 그러자 섬광의 폭풍이 두 사람을 덮쳤다.

그리고…….

─이런?

유명후의 경악성과 함께 되돌아온 빛이 그를 집어삼켰다.

─무극 반극경(無極反極鏡)!

마반극을 심상경으로 승화시킨 비기였다.

적의 기공파와 함께 기화한다. 그리고 다시 육화할 때는 오로지 적의 기공파의 진행 방향만을 바꾼다.

공격의 위력에 상관없이 고스란히 되돌려주는, 완벽한 되치기 기술이다.

심지어 마인을 상대하기 위해 만든 마반극과 달리 이 기술은 적의 기질에도 구애받지 않는다. 특정한 방향성을 지닌 기공파라면 모두 되돌려줄 수 있다.

귀혁이 이 기술을 완성한 것은 형운이 운강에서 겪은 일을 들은 후였다.

기영준이 완성한 조화의 심상이 실마리가 되었다. 귀혁 자신이 태극문에서 이야기하는 조화에 공감하지 않았기에 그대로 재현할 수는 없었지만 그 일로 영감을 얻어 또 다른 기술을 만들어낼 수 있었다.

"풍성!"

귀혁이 외쳤다.

초후적은 대답하지 않았다. 더 이상의 대화가 필요 없이 두 사람은 무극의 권과 심도를 한 지점에서 교차시켰다.

……!

만상붕괴가 발생해서 폭발을 밀어내었다.

이 공격의 의도는 두 가지다. 폭발을 밀어내고 유명후의 위치를 확인하는 것. 그리고 만상붕괴로 그의 움직임을 막는 것.

─크으윽!

유명후가 비명을 질렀다.

동시에 두 사람은 확신했다. 몸 내부를 기점으로 일어나는 만상붕괴는 유명후에게 유효한 타격법이다.

그를 구성하는 기운을 흐트러뜨릴 뿐, 실질적인 타격을 주는 것은 아니지만 그것만으로도 충분하다. 그를 지키는 호신장벽이 사라지고, 한없이 견고하던 존재구성력이 약화되니까.

그 사실을 확인한 두 사람이 이번에는 시간 차를 두고 움직였다. 먼저 공격을 가한 것은 초후적이었다.

─쌍성무극화(雙聲無極花)!

그가 빛으로 화했다. 한 사람이 기화했는데 뻗어 나온 빛의 궤적은 둘이었다.

그 자신과 애병이 서로 대립하는 심상을 구현하면서 한 지점에서 부딪쳤다. 그것은 아직 상태를 회복하지 못한 유명후의 몸속이었다.

재차 만상붕괴가 발생, 유명후의 몸이 더 심하게 흩어졌다. 형상이 가닥가닥 찢겨서 윤곽만 보면 마치 조각난 시체가 물속에서 흔들리는 것 같았다.

하지만 그런 상태에서도 유명후가 통제력을 완전히 잃은 것은 아니었다. 육화한 초후적이 돌아보는 순간, 흩어져 가던 유명후의 손이 날아들었다.

쾅!

아슬아슬하게 도를 들어서 막아낸 초후적이 피를 뿌리며 날아갔다. 그는 아슬아슬하게 자리를 바로잡고 착지했지만 울컥 피를 토하며 주저앉았다. 극심한 진기 소모 직후에 일격을 맞아서 요동치는 기맥을 다스리며 휘몰아치는 만상붕괴를 버텨내는 것만으로도 버거웠다.

"…큭, 인정사정없군."

직후 또다시 발생한 만상붕괴를 버텨내며 초후적이 이를 악물었다.

귀혁이 그가 물러나길 기다리지도 않고 그가 했던 것과 같은 일을 반복했다.

거듭된 만상붕괴의 연쇄 앞에 유명후의 몸이 반쯤 흩어졌다. 유명후는 처음으로 죽음의 공포를 느꼈다.

'이대로 사라질 수는 없어! 인간들 따위가 나를 죽일 수는 없다!'

만상붕괴의 연쇄는 거기까지였다.

귀혁이 무극 감극도를 펼쳐 만상붕괴를 뚫고 유명후 앞에 나타났다. 그리고 유명후가 반응하기도 전에 혼신의 일권을 내질렀다.

소리는 없었다.

연달아 일어난 만상붕괴의 여파였다. 색과 소리가 지워진 세계 속에서 펼쳐지는 귀혁의 공세가 유명후가 흩어지는 것을 가속시켰다. 유명후가 공포에 질려 외쳤다.

―그, 그만! 그만두십시오! 같이 죽을 셈입니까?

귀혁 역시 무사하지 못했다. 초후적처럼 진기 소모가 극심했고, 내상도 입었으며, 눈과 코, 입과 귀에서 피를 흘리고 있었다.

이 순간에도 상태가 악화되어 간다. 만상붕괴의 여파를 거스르는 것만으로도, 폭발적으로 흩어지는 유명후의 기운을 받아내는 것만으로도 죽음이 가까워지고 있었다.

그래도 멈추지 않는다. 청백색 광풍혼이 휘몰아치며 유명후를 난타했다.

"그것밖에 길이 없다면, 그렇게 하지. 어디 나를 죽여봐라, 애송이!"

—아, 안 돼! 내가 이렇게 죽을 수는 없어! 나는 완전하고 불멸한 존재다! 이 세상을 바꿀 운명을 손에 넣었어!

"너를 죽인 것은 네 오만이다. 그 사실을 겸허하게 받아들여라."

귀혁은 눈앞이 캄캄해지는 것을 느끼며 최후의 기운을 불태웠다. 푸른 섬광이 소용돌이치며 그 자리를 휩쓸었다.

그리고 적막이 내리깔렸다.

12

별의 수호자 총단은 난리가 났다.

광세천교의 급습이 일으킨 여파가 다 가라앉지도 않았는데 또 대형 사고가 터진 것이다. 수뇌부는 이 사태를 어떻게 수습해야 할지 골머리를 앓았다.

이번 일의 희생자는 100명이 넘었다. 유명후가 각성할 때 '잡아먹은' 것으로 추정되는 인원이 그 정도였고 시설 붕괴에 휘말려서 죽거나 다친 사람도 많았다.

조직 차원에서 그들 모두에게 사과와 보상을 하겠지만 이번 일의 여파는 오랫동안 조직의 발을 잡아끌 것이다. 모두가 그 사실을 알고 있었다.

그리고 이번 일은 연단술사들에게 크나큰 좌절을 안겨주었다.

형운 때문에 일월성신을 보물 상자로만 여겼다. 일월성신을 연구해서 그 실체를 완전히 해명할 수 있다면, 그리고 제2, 제3의 일월성신을 만들어낼 수 있다면 그 효용성은 무궁무진할 것이라 믿었다.

그러나 유명후로 인해서 그 보물 상자 속에 맹독이 숨어 있다는 사실을 알게 되었다.

"아무래도 형운은 유일무이한 존재가 되겠군."

귀혁은 침상에 누운 채로 보고서를 읽으며 중얼거렸다.

그는 중상이었다. 그뿐만 아니라 유명후와 격돌한 다른 세명도 침상 신세를 지고 있었다.

특히 성운검대주 고동준의 상세는 심각했다. 그는 일주일이 지난 지금까지도 의식을 차리지 못하고 있었다. 의원과 기공사들은 의식을 회복한다 해도 내상의 영향이 깊게 남아 있을 것이라 예상했다.

성운검대에서는 쉬쉬하고 있었지만 초기에 정보를 제대로 단속하지 못했다. 상층부 인물들은 대충 상황을 파악하고 있었다.

다들 성운검대가 흔들림으로 인한 손해와 이익을 계산했다. 하지만 그보다는 지성에 이어 또 한 번 큰 전력 공백이 발생하는 것에 대한 우려가 앞섰다. 광세천교가 각인시킨 상처가 남은 지금은 내부 경쟁으로 인한 손익계산보다도 외부의 위협을 더 크게 느낄 시기였다.

귀혁에게 보고서를 가져온 석준이 물었다.

"유일무이한 존재입니까?"

"아직 결론이 나지는 않았지만, 제2의 일월성신을 만드는 계획은 전부 중단될 것 같다."

유명후는 분명 일월성신이었다. 그 사실을 부정할 수 없다.

다만 사람이 지닐 수 있는 최고의 신체를 보여줬던 형운에 비해, 유명후는 일월성신이 사람을 초월한 괴물이 될 수 있다는 사실을 보여주었다. 그것은 별의 수호자에서 알지 못했던 일월성신의 또 다른 얼굴이었다.

"형운을 통해 많이 알았다고 생각했지만, 착각이었던 것이지. 우리는 일월성신에 대해서 무지하다."

장로들은 그 사실을 인정했다.

언젠가 또다시 제2의 일월성신에 도전할 날이 올지도 모른다. 그러나 그것은 지금이 아닌 먼 훗날, 유명후가 각인시킨 공포가 엷어진 때의 일이 될 것이다.

석준이 말했다.

"공자님께는 최대한 빨리 귀환하라는 명령이 갔다는군요."

"그럴 만도 하겠지. 이거 형운이 돌아오기 전에 빨리 회복해야겠군. 장로들이 얼토당토않은 소리를 할 수도 있으니."

"지극정성이시군요."

"무슨 뜻으로 하는 말인가?"

"제자에 대한 애정이 아주 보기 좋다는 뜻입니다."

"쯧."

귀혁이 혀를 찼다. 그리고 석준이 가져다준 약사발을 들어서 벌컥벌컥 마셔 버리고는 말했다.

"나가보게. 쉬어야겠군."

"알겠습니다."

석준이 예를 표하고 물러났다.

제79장
귀환

1

형운 일행은 위진국 본단의 전폭적인 지원을 받아서 빠르게 국경을 넘었다.

올 때는 진조족이 준 깃털로 축지해서 뛰어넘은 공간이 있었던 만큼, 가는 길을 서둘렀어도 시간이 좀 더 걸렸다. 하운국의 국경도시 운진으로 들어선 것은 8월 중순이었다.

미리 일정을 알려뒀기에 하운국 쪽에서도 일행이 최대한 빠르게 총단까지 돌아올 수 있도록 만반의 준비를 갖춰두었다. 일행은 청해군도로 갈 때만큼이나 빠르게 총단으로 향했다.

갈 때와 달리 올 때는 천유하도 도중까지 함께했다. 그와 헤어진 것은 하운성을 지날 때였다.

"이건 뭐야?"

작별하기 전날 밤, 마곡정이 형운과 천유하를 근처의 그럴 듯한 술집으로 끌고 갔다. 그리고 영문을 모르는 천유하 앞에 술병 하나를 놓았다.

"받아둬."

"그거야 문제없지만, 왜?"

"내가 그러기로 맹세해서 그렇다. 꼽냐?"

마곡정이 천유하를 노려보며 말했다. 술을 사주고는 있는데 말하는 투가 당장 한 대 칠 기세다.

천유하는 잠시 그를 바라보다가 피식 웃으며 술병을 땄다.

"죽어도 말을 곱게 못하는 녀석이군. 고맙게 받도록 하지. 그나저나 너희들 때문에 큰일이야."

"왜?"

"같이 다니는 동안 입맛이 고급이 되어서 원."

천유하가 너스레를 떨었다.

형운 일행은 여비는 정말 넉넉했다. 별의 수호자의 지부나 사업체에 가면 최고의 대우를 받았고, 다른 곳에서도 항상 좋은 것을 먹고 좋은 숙소에서 묵었다.

천유하도 부유한 집안의 자제지만 씀씀이의 수준이 전혀

다르다. 반년 넘도록 함께 지내다 보니 이들의 기준에 익숙해져 버렸다.

세 사람은 술잔을 기울이면서 그간의 일들을 이야기했다.

마곡정은 자기가 끌고 와놓고도 굉장히 못마땅한 기색이었지만, 어느새 이야기에 한두 마디씩 끼어들어서 웃고 떠들었다.

문득 형운이 물었다.

"가져갈 짐이 많은데 괜찮겠어? 차라리 우리 쪽에서 따로 보내줄까?"

"말이 있으니까 혼자서도 괜찮아. 지금까지도 신세를 많이 졌는데 또 그러기는 좀……."

"신세를 지기는. 그렇게 생각하면 안 되지."

"그런가? 그래도 그럴 필요까지는 없으니까 괜찮아."

문득 천유하가 물었다.

"그러고 보니 가 무사님은 지금도 여기 지붕 위에 있겠지?"

"응."

형운은 보지도 않고 대답했다. 지금도 가려의 시선을 느낄 수 있었다.

"누나는 왜?"

"아니, 그냥. 한참 같이 다녔는데도 아직도 기척을 못 알아차리겠거든. 정말 대단하다는 생각이 들어서."

"그렇지? 누나가 참 대단한데 너무 욕심이 없어서 참……."

형운이 푸념하는 것을 보면서 천유하는 빙긋 웃었다.

문득 청해군도를 떠나기 전의 일이 떠올랐다.

몸을 회복한 가려가 형운 몰래 찾아온 적이 있었다. 그녀가 큰절을 올리며 목숨을 구해준 것에 대해 감사해서 크게 당황했었다.

그때 그녀는 말했다.

'이 은혜는 언젠가 반드시 갚겠습니다. 제가 필요한 일이 있다면 꼭 불러주시길.'

형운의 그림자로 살아가는 그녀가 그런 말을 하는 것이 얼마나 큰 의미일지는 상상하기 어렵지 않았다. 천유하는 자신은 형운에게 진 은혜를 갚았을 뿐, 마음에 두지 말라고 했지만 그녀는 자신의 말을 철회할 생각이 없는 것 같았다.

천유하는 그녀의 뜻을 존중해서 가슴에만 담아두고 형운에게도 비밀로 해두었다.

'네게 그 일을 말하는 날이 올지도 모르지. 그게 언제가 될지는 모르겠지만…….'

천유하는 그렇게 생각하며 술잔을 비웠다.

2

천유하와 헤어진 형운 일행이 총단에 들어온 것은 막 10월이 시작된 때였다.

"와, 드디어 돌아왔네."

신년 비무회가 끝난 후에 출발했으니 거의 10개월 만의 일이었다.

설마 이렇게까지 오랫동안 나가 있게 될 줄은 몰랐다. 멀리서부터 성해 시내를 보는 것만으로도 가슴이 벅차올랐다.

그런 심정은 다들 마찬가지였다. 서하령이나 가려조차도 흥분한 기색이 역력했다.

하지만 일행은 성해 시내에 들어서자마자 의아함을 느꼈다.

"많이 바뀌었네?"

마지막으로 기억하고 있는 것과는 거리의 풍경이 좀 달라져 있었다. 떠나 있던 기간이 나름 길었으니 가게나 건물 몇 개가 바뀌는 정도라면 그런가 보다 하고 넘어갈 수도 있다. 하지만 한 거리 전체가 통째로 바뀌었다면 아무리 봐도 이상하지 않은가?

"무슨 일이 있었던 거지?"

형운은 자신들을 바라보는 사람들의 시선을 느끼며 중얼

거렸다. 그 시선에는 불안과 원망이 묻어 있었다. 떠나기 전에는 느껴보지 못한 감정들이었다.

'내가 너무 예민한가? 아냐. 뭔가 일이 있긴 있었어.'

들떴던 기분이 불길함으로 가라앉기 시작했다.

3

형운은 귀환을 알리자마자 호출을 받았다.

임무를 위해 먼 길을 떠났다가 막 돌아온 사람을 다른 절차를 다 무시하고 호출하다니, 비상식적인 짓이지만 그게 장로회의 호출이라면 심각하게 받아들여야 한다. 장로들이 자신의 귀환에 맞춰서 기다리고 있었다는 의미니까.

형운은 서하령에게 부탁했다.

"그동안 있었던 일 좀 알아봐 줄래?"

"넌 가서 허튼소리 해서 책잡히지 않게 조심해. 왠지 분위기가 안 좋으니까."

"알겠어."

곧바로 형운은 장로회에 출두했다.

장로회라고 해도 어지간히 중요한 사안이 아닌 한에야 전원이 다 모이는 일은 별로 없다. 그런데 지금은 열두 명 모두가 모인 것은 물론, 스승인 귀혁과 풍성 초후적까지 보였다.

형운은 귀혁을 보고 반색하려다가 그의 표정이 심각한 것을 보고는 금세 표정을 고쳤다.

"영성의 제자 형운, 임무에서 복귀했습니다."

형운이 장로들에게 예를 표했다.

가장 먼저 입을 연 것은 운 장로였다.

"잘 돌아왔다. 긴 여정을 마친 자네를 바로 부른 것은 사안이 중하기 때문이다. 자네가 오면서 올린 보고서에는 청해궁과의 접촉에 성공, 그들로부터 영약을 받았다고 되어 있군."

"그렇습니다. 또한 그들에게는 바닷속에서 채집한 영약만이 아니라 영수들이 만들어낸 비약도 있었습니다. 받아 온 것에는 그 비약도 포함되어 있습니다."

그 말에 장로들이 술렁거렸다. 대륙에서 떨어진 청해군도에 대한 정보는 제약적이었고, 특히 청해궁에 대해서는 전설 말고는 거의 알려진 것이 없었다.

바다 밑에서 자라나는 영약만으로도 값어치를 따질 수 없는 보물이거늘, 그것을 영수들이 가공해서 만든 비약이 존재했다니?

이것은 인간뿐만 아니라 영수들도 연단술을 높은 수준으로 발전시켜 왔다는 증거이니 충격을 받을 수밖에 없었다.

운 장로도 숨을 삼켰다.

"놀랍구나. 그들에게 그런 능력이 있었느냐?"

"청해용왕대는 소수이면서도 개개인의 무력이 청해군도의 타 세력을 압도하고 있었습니다. 이는 그들이 청해궁으로부터 전폭적인 지원을 받아 내공에서부터 우위를 점했기 때문입니다. 어떤 의미에서는 우리와 비슷하지요."

"그 부분은 따로 자세히 보고를 올려주었으면 좋겠군."

"최대한 빨리 하겠습니다."

"좋다. 그리고 청해군도에서 있었던 일을 보고하라. 보고서에 그곳에서 있었던 일은 장로회에서 기밀 처리 여부를 승인받을 필요가 있다고 썼군."

"그렇습니다."

"어떤 일이 있었기에 그랬지?"

"청해군도의 세력 구도에 대해서부터 설명드려야겠군요. 좀 긴 이야기입니다."

형운은 차분하게 청해군도에서 겪은 일을 이야기했다. 청해군도의 세력 구도부터 설명한 뒤에 자신들이 그곳에 들어가면서부터 벌어진 일들을 풀어나갔다.

여기까지 오는 동안 장로회에 보고할 내용은 서하령, 마곡정, 가려와 함께 정리를 끝내두었다. 며칠 동안 머리를 싸맨 덕분에 갑자기 호출을 받았음에도 허둥거리지 않을 수 있었다.

물론 모든 것을 이야기하지는 않았다.

무일의 죽음에 얽힌 진실 등 감춰야 할 것들은 감췄다. 서하령이 천요군과 손을 잡았던 것도 마찬가지였다. 아무리 전략적인 선택이었다고 해도 요괴와 한배를 탔다는 것은 안 좋은 소리를 들을 약점이었으니까.

그러고도 허점이 없도록 앞뒤를 잘 맞춰두었다. 귀혁은 형운을 보며 속으로 미소 지었다.

'훌륭해졌군.'

오랜만에 귀향해서 들떠 있을 때, 예상치 못한 상황에 처했음에도 당황하는 일 없이 차분하게 대처하는 모습이 듬직했다. 떠나 있는 동안 또 한 번 훌쩍 자랐다는 실감이 들었다.

형운의 그런 태도와 그가 이야기하는 내용이 장로들의 관심을 완전히 사로잡고 있었다. 별의 수호자를 대표하는 노인들이 다들 형운의 이야기를 한 마디라도 놓칠 새라 귀를 곤두세우고 있는 모습을 보니 왠지 웃음이 나온다.

'원래는 일월성신 문제로 형운의 상태를 추궁하기 위한 자리였는데……'

그런데 형운이 청해군도에서 겪은 일들이 워낙 흥미진진해서 분위기가 바뀌어 버렸다. 뼛속까지 연단술의 극의를 추구하는 장로들에게는 형운의 이야기 하나하나가 보물과도 같았다.

형운은 암해의 신에게 몸을 빼앗겼던 일도 감췄다. 그 부분은 흑영신교의 술책으로 그릇을 얻은 암해의 신과 대적하는 것으로 바꿔서 이야기했다.

하지만 그렇다고 해서 모든 것을 감출 수는 없었다. 어차피 일월성신인 형운은 중요한 연구 대상이기도 해서 검사를 받으면 드러날 내용들은 이야기해야만 했다.

"9심 내공을 이뤘다고?"

형운이 밝힌 사실에 다들 아연해했다.

별의 수호자가 다른 무력집단에 비해 평균적인 내공 수준이 월등히 뛰어나다고 하지만 현재 9심 내공을 지닌 것은 단 한 명, 귀혁뿐이다. 그런데 그 제자인 형운이 두 번째 9심 내공의 소유자가 되다니.

가장 경악스러운 것은 형운의 나이가 고작 스물한 살에 불과하다는 점이다.

"이건 강호 역사상 전무후무한 성취 아닌가?"

장로들이 신음처럼 중얼거렸다.

형운은 담담하게 말했다.

"순수한 성취는 아닙니다. 아시겠지만 제 안에는 빙백기심이라 불리는 특별한 기심이 있습니다. 이번에 새로 얻은 것은 두 번째 빙백기심입니다."

"그러나 그 기심은 다른 기심과 동일하게 기능하지 않는가? 아니, 냉기를 다루는 능력이 있으니 동일한 기능만이 아니라 특수한 기능도 가졌군."

"그렇습니다."

장로들이 술렁였다. 초후적도 작게 신음했다. 그만큼 비상식적인 성취였다.

형운은 그들의 술렁임 속에서 의아한 반응들을 찾아냈다. 서로 주고받는 말들 중에 이상한 내용들이 섞여 있었다.

'역시 일월성신은 위험하지 않은가? 잠재력은 뛰어나지만 위험성도 큰 만큼 좀 더 엄중하게 관리해야 한다?'

당황스러웠다. 혹시라도 이런 반응이 나올 것을 우려해서 암해의 신의 그릇이 되었던 일을 감췄는데 9심을 달성한 것 때문에 이러다니?

모든 것이 유명후의 폭주가 남긴 공포 때문이었지만 지금의 형운으로서는 알 도리가 없었다. 귀혁에게 전음으로 물어볼까도 했지만, 옆에 초후적이 있어서 그만두었다. 그러면 두 사람이 전음을 주고받는 것을 알아차릴 것이다.

형운은 아무렇지도 않은 척하면서 장로들의 반응에 주의를 기울였다.

'주목할 만한 반응은 두 가지군.'

일월성신의 위험성을 이야기하는 반응과, 전력 공백을 형운으로 메워야 하지 않느냐는 반응.

형운 입장에서는 둘 다 왜 저런 반응이 나오는지 이해할 수 있는 근거가 없다. 일단은 머릿속에만 담아두어야 할 것 같았다.

그때 문득 서하령의 외조부, 이정운 장로가 입을 열었다.

"형운."

"예."

"한 가지만 묻겠네."

웅성웅성하던 장로들이 입을 다물고 그의 말에 집중했다. 이정운 장로는 굳은 표정으로 질문을 던졌다.

"자네는 혹시 사람을 초월한 무언가가 되려고 한 적이 있는가?"

그 말에 형운이 움찔했다. 아무런 정보도 없지만 왠지 이 장로가 묻는 의미를 알 것 같았기 때문이다.

형운이 망설이는 기색을 보이지 않고 대답했다.

"없습니다."

장로들이 의문의 시선을 쏟아냈다. 형운은 추궁이 나오기 전에 말을 이어나갔다.

"하지만 그런 속삭임을 들은 적이 있냐고 물으시는 거라면, 네, 있습니다. 위진국에서 백리 장군이 죽은 사건을 알고 계십니까?"

물론 모두가 알고 있었다. 하운국에서도 주시할 만한 사건이었고 형운도 그 건에 대해서는 이미 보고서를 올렸으니까.

"그 사건에서 죽은 진야가 남긴 저주의 중추와 만났을 때……"

형운은 허용빈에게 별의 조각을 받은 일을 이야기하지 않았다. 그저 진야와 관련이 있다는 식으로만 말했다.

　"제게 묻는 목소리가 있었지요. 사람을 초월한 존재가 될 수 있다, 세상을 바꿀 힘을 얻게 될 것이다……. 저는 직감적으로 그것이 단순히 거짓말은 아니라는 것을 알았습니다. 그 유혹을 받아들였다면 저는 이 자리에 없었겠지요."

　"거부했다는 것이군."

　"그렇습니다."

　"어째서였나? 사람을 초월한 존재가 될 기회가 아니었나?"

　이정운 장로의 표정이 변했다. 심각한 표정 속에서 조금씩 유쾌한 기색이 드러나고 있었다.

　형운이 단호하게 말했다.

　"사람이고 싶었기 때문입니다."

　"……."

　"사람으로 살고, 사람으로 죽고 싶었기 때문입니다. 그래서 저는 죽은 신의 잔재가 유혹했을 때도 거부했고, 고대의 신이 유혹했을 때도 거부했습니다. 제 뜻이 진실하다는 것이 제가 이 자리에 사람으로서 서 있는 것으로 증명되었기를 바랍니다."

　형운의 말에 장로들은 복잡한 감정을 내비쳤다. 그들은 한 차례 쑥덕거리며 이야기를 나누더니 말했다.

"알겠네. 일단 청해군도의 일을 마저 보고받고 싶군."

형운은 남은 이야기를 풀어놓았다. 그리고 전후 사정에 대해서는 여전히 아무것도 듣지 못한 채로 물러나야 했다.

4

형운은 장로회에서 물러난 후에도 처리할 일들이 많아서 하루 종일 바쁘게 움직였다. 일행의 우두머리로서 해야 할 일들이 한둘이 아니었다.

그리고 그런 와중에 서하령이 수집한 정보를 듣고는 경악을 금치 못했다.

"맙소사. 그런 일이 있었다고?"

진 일월성단을 노린 광세천교의 공격으로 인해서 성해 시내가 파괴되고 막대한 피해가 발생했다.

그 일로 진 일월성단을 소실한 데다가 임시로 지성을 맡고 있는 홍주민이 깊은 내상을 입어서 다시 은퇴해야 할 지경에 몰렸다. 게다가 고위 연단술사였던 빈현이 광세천교의 첩자였다는 것이 밝혀진 것은 크나큰 충격을 안겨주었다.

그리고 그 일의 여파가 가라앉기도 전에, 수성의 제자 유명후가 두 번째 일월성신에 도전했다가 폭주하는 사태가 터졌다.

"그래서였군……."

형운은 비로소 장로들이 보인 반응을 이해할 수 있었다.

서하령이 물었다.

"트집 잡힐 말은 안 했지?"

"미리 준비한 것만 말했어. 하지만 내공이 9심이 되었다는 것을 보고하니까 감탄하기보다는 역시 위험하다느니, 엄중한 관리가 필요하다느니 하는 반응이 나오더군. 이상하다고는 생각했지만……."

상황이 안 좋다. 형운이 그동안 해온 일들과는 상관없이 일월성신이라는 이유만으로 상층부가 위협을 느끼는 것이다.

그것은 외부의 위협과는 완전히 질이 다른 두려움이다. 내부에 언제 터질지 모르는 폭탄을 안고 있다고 생각한다면 무슨 비이성적인 조치를 취해도 이상하지 않다.

'어떻게 해야 하지?'

형운은 가슴이 답답해졌다. 천신만고 끝에 돌아왔더니 이런 문제가 기다리고 있을 줄이야.

서하령이 말했다.

"지금은 할 수 있는 일이 없을 것 같아. 귀혁 아저씨가 돌아오시면 이야기를 나눠봐야지. 일단은 가서 쉬어."

"그래야겠군. 너도 수고했어."

형운은 정신적 피로감을 느끼며 거처로 향했다. 양손에 짐을 잔뜩 든 채였다.

가는 길에 보이는 모든 것이 그리웠다. 영성의 거처로 들어서는 것만으로도, 기억하고 있는 것과 똑같은 향기를 맡는 것만으로도 안도감이 들었다.

그런 감정은 자신의 거처에 도착했을 때 최고조에 달했다. 떠나기 전과 조금도 다름없는 모습으로 정돈되어 있는 자신의 거처를 보자 왈칵 눈물이 흐를 것 같았다.

아니, 한 가지 달라진 점이 있기는 했다.

"공자님……?"

놀란 토끼 눈을 하고 자신을 바라보는 예은이었다.

오랜만에 보는 예은은 많이 달라져 있었다. 낯선 경험은 아니었다. 예전에도 몇 달씩 총단을 떠나 있다 오면 이런 느낌을 받고는 했다.

형운이 기억하는 것보다 조금 성숙해진 것 같았다. 여전히 나이보다 어리고 귀엽게 보이는 얼굴이지만 전보다 예뻐졌다는 느낌이 들었다.

"다녀왔어, 예은아."

"무사히 돌아오셨군요."

형운이 이렇게 오랫동안 총단을 비운 것은 처음이었다. 예은은 10개월 동안이나 주인이 없는 거처를 지키고 있다 보니 그가 그립기도 하고 불안해지기도 했다. 형운이 청해군도로 넘어가면서 한참 동안 소식이 끊어진 후로는 꿈자리가 뒤숭

숭해질 지경이었다.

그런데 이렇게 다시 돌아온 것을 보니 깊은 안도감이 밀려들었다. 예은은 그 어느 때보다도 환하게 미소 지었다.

"이건 선물."

형운은 짐을 풀고 예은에게 나무 상자 하나를 건네주었다. 예은이 받아 들고 열어보니 그 안에는 목걸이와 주먹보다도 커다란 소라 껍데기 하나가 들어 있었다.

목걸이에는 작고 푸른 구슬 하나가 달려 있었는데, 그 구슬은 마치 달빛을 반사하는 물처럼 넘실거리는 빛을 발하고 있었다. 척 봐도 귀한 보석임을 알 수 있는 물건이었다. 그에 비해 소라 껍데기는 쓰임새를 알 수가 없었다.

"해루석이라고 하는 거야. 빛을 받으면 낮에 바닷속에서 수면을 올려다보는 것처럼 넘실거리는 빛을 발한다고 하지. 그리고 그 소라 껍데기 구멍에다 대고 숨결을 불어넣어 봐."

예은이 그 말대로 했다. 그러자 그 안에서 쏴아아, 하고 파도 소리가 울리는 게 아닌가?

"소리가 안 나게 하려면 다시 한 번 숨결을 불어넣으면 돼. 원하는 때 바다의 소리를 들을 수 있는 기물이지."

예은은 이 선물들을 굉장히 마음에 들어 했다. 형운이 물었다.

"그나저나 내가 없는 동안 일이 많았던 모양인데… 혹시 가족들은 무사해?"

"네. 집이 참화가 일어난 곳에서 멀리 떨어져 있었어요."

"그렇구나. 예진이는?"

"잘 지내요. 그리고……."

형운은 한참 동안 예은에게 자신이 없는 동안 있었던 일들을 들었다.

서하령이 핵심만 요약해서 전해준 일들도 예은을 통해서 자세히 들을 수 있었다. 하지만 예은의 신분상 아는 정보에는 한계가 있었기에 이 점에 대해서는 나중에 석준에게 정보를 부탁하기로 했다.

형운은 그 점에 대해서는 일단 뒤로 미뤄두고 예은과 이야기를 나누었다. 예은이 그동안 총단에서 있었던 일을, 형운이 여행 중에 있었던 일들을 늘어놓자 그것만으로도 시간이 훌쩍 지나갔다.

방이 어둑어둑해지기 시작하자 예은이 퍼뜩 정신을 차렸다.

"어머나, 내 정신 좀 봐. 죄송해요, 공자님. 막 돌아오셔서 피곤하실 텐데. 갈아입을 옷은 준비되어 있으니 일단 씻으시고……."

"신경 쓰지 않아도 괜찮아. 그 전에 차나 한잔 줄래?"

"네."

예은이 생긋 웃으며 차를 끓이러 갔다.

귀혁이 형운을 부른 것은 그날 밤이었다.

장로회에서의 이야기가 꽤 길어진 모양이었다. 귀혁의 거처에 간 형운이 예를 표했다.

"사부님, 제자 형운, 돌아왔습니다."

"큰일을 치렀구나. 고생했다."

"저보다는 다른 사람들이 고생했지요. 사부님께서도 제가 없는 동안 고생이 많으셨다고 들었는데요?"

"말도 말거라. 마교 놈들만으로도 난리가 아니었는데 수성의 제자가 상상도 못한 사고를 치는 바람에……."

"그 건은 석준 아저씨께 대충 들었습니다. 아직도 내상이 남으신 것 같은데 괜찮으세요? 제가 좀 봐드릴까요?"

"내 제자가 많이 크긴 컸구나. 그런 소리도 다 하고."

귀혁이 웃었다.

형운의 말대로 그는 아직 유명후와의 싸움에서 입은 부상이 완전히 회복되지 않았다. 푹 쉬었다면 이미 회복되었겠지만 사람들의 불안을 잠재우기 위해서 억지로 멀쩡한 척하면서 활동하다 보니 회복이 더뎠다.

형운이 말했다.

"그냥 드리는 말씀이 아니라, 지금 사부님의 상태는 기공 사분들보다는 제가 돕는 것이 나을 것 같은데요."

"사양하지 않으마. 매일 한 식경(약 30분) 정도면 될 것 같구나."

귀혁이 순순히 고개를 끄덕였다. 내상 때문에 체내의 기가 혼탁하고 불안정해졌다. 운기조식할 때 일월성신의 정순한 기운을 받을 수 있다면 큰 도움이 될 것이다.

이것은 기운을 제공해 주는 사람에게도 큰 부담을 지우는 일이다. 제자에게 그런 희생을 요구하는 것은 귀혁의 자존심이 허락하지 않았지만, 형운은 특별한 경우였다. 이 일이 일월성신인 형운에게는 별 희생이 되지 않는다는 것을 알기에 받아들일 수 있었다.

"그런데 수성의 제자 유명후의 일에 대해서는 석준 아저씨도 모든 걸 다 알지는 못하신다고 하더군요."

영성 호위대장인 석준은 정보에 대한 권한이 상당히 높다. 그런 그가 알 수 없는 정보라면 상층부만이 알 수 있는 극비 정보라는 의미다.

귀혁이 고개를 끄덕였다.

"그렇단다. 네게도 자세한 것을 말할 수는 없구나. 석준에게 들은 정도만 알아두거라."

—듣기만 하거라.

동시에 전음이 날아들었다. 귀혁은 말과 동시에 전음으로 다른 이야기를 했다. 둘 다 놓쳐서는 안 되는 내용이었다.

"어쨌든 큰일이었다. 광세천교 놈들 때문에 진 일월성단을 잃었고, 그 사건으로 인해서 성해의 민심이 어지러워졌지. 그 사태가 가라앉기도 전에 유명후의 일이 터진 것이다. 이번에는 성해 시내에는 피해가 없었지만, 그곳에서 일하는 사람들 역시 성해에 가족들이 있었지. 당분간은 임무를 받기 전까지는 성해 시내에 나가지 않는 쪽을 권한다."

─장로들이 네게 그리 물은 이유는, 유명후라는 놈이 일월성신이 되는 과정에서 사람을 잡아먹고 사람을 벗어난 존재가 되었기 때문이다. 나와 풍성, 수성, 성운검대주 넷을 한꺼번에 상대할 정도로 막강한 괴물이었지. 그 괴물의 뿌리인 유명후 자신이 무인으로서 아직 대성하지 못했고, 괴물로서도 갓 태어난 것과 같아서 잠재력을 다 개화하지 못했기에 망정이지 그렇지 않았다면 나는 지금 살아서 너를 보고 있지 못했을지도 모른다.

"지금 가장 심각한 문제는 전력 공백이다. 수성은 몸과 마음을 모두 다쳤지만 복귀는 가능할 것으로 보이니 풍령국 쪽은 당분간 큰 걱정은 없을 것이다. 그러나 홍 노사의 상태가 좋지 않은지라 조만간 새로운 지성을 선발하는 것은 기정사실이고, 성운검대주 역시 복귀할 수 있을지 불분명하다."

―이 사실을 네게 쉽게 말해줄 수 없는 이유를 알 것이다. 이번 일로 여태까지 몰랐던 일월성신의 또 다른 얼굴을 알게 되었다. 너 또한 그리될 가능성이 있음을 두려워한다. 이미 또 다른 일월성신을 만들자는 모든 계획을 즉시 중단하라는 명령이 떨어졌다. 어쩌면 너는 전무후무한 일월성신이 될지도 모른다.

"어차피 홍 노사께서는 임시직으로 지성을 맡고 계신 것이기는 했지만, 젊은 세대 중에 당장 지성에 올릴 만한 인물이 있는지를 놓고 갑론을박이 벌어지고 있다. 실적과 장래성을 본다면 여러 명이 후보에 오르겠지만, 지금은 당장에라도 오성의 자리에 어울리는 무력이 필요하다는 것이 문제지. 덕분에 은퇴하신 분들을 비롯해서 생각지도 못한 사람들이 후보에 오르는 중이고."

―장로들 사이에서는 너를 화분의 꽃으로 만들자는 의견까지 나왔다.

그 말에 형운은 어리둥절해하는 티를 내지 않기 위해 애써야 했다. 화분의 꽃이라니? 하지만 이어지는 전음을 듣고는 간담이 서늘해졌다.

―허울뿐인 직위를 주고 총단에만 가둬놓자는 것이지. 항상 자신들의 눈길이 닿는 곳에 두고 연구 대상으로만 삼자는 의견이었다. 유명후가 워낙 크게 사고를 쳤기 때문에 그런 극

단적인 반응까지 나온 것이다. 물론 이 의견은 지지를 얻지
못하고 기각되었지만, 그만큼 상층부에서 네가 지닌 가능성
을 두려워한다는 점을 명심해야 한다.

거기까지 단숨에 이야기한 귀혁이 마지막으로 덧붙였다.

—굳이 이런 식으로 이야기하는 이유는 너와 내가 만나는
상황을 경계할 것이기 때문이다. 당분간 이 사실을 들었다는
것은 누구에게도 티를 내서는 안 된다. 주변에 듣는 귀는 없더
라도 사람과 사람이 나눈 대화를 알아내는 방법은 감시자를
쓰는 것만이 아니다. 예지를 좇는 기환술사를 동원하는 방법
도, 기물을 이용한 도청을 하는 방법도, 그 외에도 많은 방법
들이 있지. 너도 비밀을 이야기할 때는 시기를 고르도록 해라.

그러면서 귀혁은 연공실에서 진기 전달을 해줄 때 이야기
를 나눌 것을 권했다.

거기까지 들은 형운이 물었다.

"성운검대 쪽은 잘 모르겠지만, 지성에 오를 만한 인재가
은퇴한 분들 말고 누가 있지요? 일단 젊은 세대는 곡정이의
둘째 사형이 전부터 거론되었던 것으로 아는데……."

"네가 상대해 봤으니 알겠지만 정무격은 당장 오성을 맡을
만한 실력이 아니다. 10년쯤 후라면 모를까."

"경쟁자로 거론되는 사람들은요?"

"비슷비슷하다. 개중에는 파견 경호대주인 백건익 정도가

좀 낫지."

"흠……."

"너도 후보로 거론되기는 했단다."

"제가요?"

형운이 눈을 휘둥그레 떴다. 귀혁이 빙긋 웃었다.

"왜 그리 놀라느냐? 정무격 그놈을 공개적으로 박살 내놓고는. 게다가 강호의 명성만으로 보면 너는 다른 녀석들보다 위다."

"그렇기야 하겠지만 중요한 것은 명성보다는 실적 아닌가요? 저는 나이도 어리고 활동 기간이 짧아서 실적 면에서는 다른 분들과 비교할 바가 못 되는데요?"

형운도 자기가 그들보다 실력이 부족하다는 겸양은 떨지 않았다. 지금의 그는 흑영신교의 팔대호법이나 광세천교의 칠왕과 만난다 해도 대적할 수 있는 실력을 갖췄다.

귀혁이 말했다.

"그건 그렇지. 사실 그 점도 이번 청해성 건으로 많이 채워졌다고 생각한다. 다만 네게는 약점이 하나 있지."

"조직을 이끌어본 경험이 없다는 것이겠지요."

"그렇단다. 임시적으로 결성된 무리를 지휘한 적은 있지만 특정한 조직을 이끈 적이 없지. 사실 네 나이를 생각하면 이상할 것 없는 일이고."

"그럼 역시……."

"아무리 무력을 우선한다고 하더라도 당장 지성을 맡기는 것은 무리지. 그렇기 때문에 조직을 하나 맡기자는 말이 나왔다."

"저한테요?"

"그렇단다. 조만간 발표가 있을 게다. 정보부가 작심하고 너를 활용해 보자고 건의했더구나."

정보부는 형운에 대해서 복잡한 감정을 갖고 있었다.

형운 때문에 자신들이 줄곧 열심히 지켜온 원칙이, 한 개인의 명성을 두드러지게 하는 것보다 조직의 힘이 강하다는 인식을 퍼뜨려 온 노력이 무너져 버렸다. 하지만 그럼으로써 긴 세월 동안 경직되어 있던 분위기에 변화를 줘서 새로운 성과를 올릴 기회를 얻기도 했다.

"그래서 좀 더 너를 이용해 먹자고 작심하고 있는 것이지. 새로 꾸려지는 조직은 젊은 무인들을 중심으로 한, 전국 각지의 마인 문제를 해결하는 부서가 될 것이다. 선풍권룡의 이름으로 별의 수호자가 피를 흘려가며 협의를 수호함을 알리겠다는 심산이지."

"…그것참. 위진국에서 뭐라고 말할지 궁금해지네요."

"음? 그건 무슨 소리더냐?"

의아해하는 귀혁에게 형운은 위진국에서 홍자겸에게 들었던 이야기를 해주었다. 귀혁이 눈살을 찌푸렸다.

"재미있는 이야기로구나. 그나저나 그 앞뒤 안 가리는 놈이랑 친해지기라도 한 것이냐?"

"친해졌다기보다는… 음. 아니, 친해진 거 맞는 것 같네요."

"친해질 인물이 없어서 그런 작자와…….

귀혁은 마음에 안 드는 듯 혀를 끌끌 찼다. 형운이 어색하게 웃었다.

"여러모로 골치 아픈 구석이 많지만 그래도 나쁜 분은 아니에요."

"무인만 아니라면 그렇겠지."

"그리고 사부님을 침이 마르도록 칭찬하던데요?"

"음?"

"변명하지 않는 무인으로서의 자세에 대해서요."

형운은 홍자겸이 생각하는 무인에 대한 이야기와 귀혁이 진짜 무인이라는 찬사를 보냈던 것을 이야기했다. 그 이야기를 들은 귀혁의 표정이 묘해졌다.

"그런 놈에게 찬사를 듣다니 꺼림칙하군."

"……."

"뭐 좋다. 네가 이상한 놈들이랑 친해지는 것이 이번만도 아니고. 혼마나 암야살예에 비하면 백무검룡은 양호한 건지도 모르지."

"양호한 건가요……."

하지만 형운에게는 아무래도 그 둘보다는 홍자겸 쪽이 더 괴짜라는 느낌이었다.

"그러고 보니 사부님. 백무검룡 노선배는 사부님에게 시비를 걸었다가 졌다고만 말하고 자세한 이야기를 꺼리던데, 무슨 일이 있었던 건가요?"

"뻔하지 않느냐? 그놈이 무인의 인사라면서 다짜고짜 칼질을 해대기에 사람이 지켜야 할 예의를 그 몸에다 새겨주었지."

"……"

"뭐 당시에는 마교 토벌 때문에 전력이 아쉬운 처지라 심하게 하지는 않았다. 남들 앞에서 한 식경(약 30분)쯤 망신을 주는 정도로 끝냈지."

하긴 귀혁의 성품이라면 그런 일을 그냥 넘어가지 않았을 것이다.

형운은 홍자겸에게 감탄했다.

'다른 사람들 보는 앞에서 그렇게 두들겨 맞고도 행동이 변하지 않았다는 거잖아? 와, 정말 대단하다.'

좋은 의미로도 나쁜 의미로도 정말 한결같다. 감탄스러울 정도다.

귀혁이 물었다.

"그보다 무공 쪽으로는 좀 발전이 있었느냐? 9심의 내공을 얻었다니 그것만으로도 굉장한 성취이기는 하다만……"

"아, 그게……."

형운은 부끄러워하며 머리를 긁적였다.

"심상경을 깨달았습니다."

"음?"

"무극의 권을 펼칠 수 있게 되었지요. 실전에서도 써봤고
요."

"……."

천하의 귀혁도 이 고백 앞에서는 할 말을 잃었다. 그는 실
로 오랜만에 놀라서 눈만 껌뻑거리는 경험을 했다.

게다가 이어지는 말은 더 가관이었다.

"두 번째 빙백기심을 손에 넣은 것도, 심상경을 터득한 것
도 제 안에 있는 유설 님 덕분이었어요. 그분이 저를 지켜주
셨지요. 그래서 첫 번째에 이어 곧바로 두 번째 심상을 구할
수 있게 되었고……."

"잠깐. 잠깐만 기다려 보거라."

귀혁이 형운의 말을 제지했다. 그리고 믿을 수 없다는 듯
물었다.

"두 번째 심상이라고? 지금 심상경을 깨닫자마자 두 가지
심상을 구현할 수 있게 되었다는 말이냐?"

"네."

"……."

"보여 드릴까요?"

"지금은 됐다. 보고 싶은 마음이야 굴뚝같지만 장소가 곤란하구나. 아, 혹시나 해서 묻는 것이다만, 무극의 권을 이 방에서 펼쳐도 괜찮을 정도로 극소 범위에만 펼칠 수도 있느냐?"

"아뇨? 그런 게 가능할 리가… 아, 암야살에 선배와 청해용왕 대협은 가능했군요. 당연히 사부님도 하시겠네요."

형운이 암흑인에게 지배받을 때, 자혼과 진본해가 보여준 것을 떠올리며 말했다.

귀혁이 허탈하게 웃었다.

"어이가 없구나, 어이가 없어. 고작 스물한 살에 9심 내공을 이룬 것으로도 모자라서 심상경을 터득해?"

그가 곧바로 알아보지 못한 것은 형운이 홍자겸에게 지적받은 문제를 고쳤기 때문이다. 그래서 화성 하성지 역시 형운이 심상경에 올랐음을 알아보지 못했다.

"그것도 거기에 발 들이자마자 두 가지 심상을 구현할 수 있게 되었다? 누가 들으면 거짓말을 하려면 좀 그럴싸하게 하라고 비웃을 게다. 허허허……."

"솔직히 저도 잘 실감이 안 가기는 해요."

"그럴 만도 하지. 허 참. 무력만을 기준으로 삼는다면 당장 지성으로 올려도, 아니, 반드시 올려야 할 정도군."

고개를 절레절레 저은 귀혁이 말했다.

"정말 들어야 할 이야기가 많을 것 같구나. 어디 이 사부에게 위진국에서의 모험담을 풀어보거라."

그날 형운과 귀혁은 새벽이 될 때까지 쌓인 이야기들을 나누었다. 숨겨야 할 이야기들을 빼고도 할 이야기는 너무나도 많았다.

6

다음 날, 한 사람이 형운의 거처에 찾아왔다.

"사형, 무사 귀환을 축하드립니다."

강연진이었다.

형운이 반색했다.

"오, 연진아. 오랜만이야. 키가 많이 컸구나."

그를 본 형운이 놀랐다.

강연진은 열다섯 살, 한참 성장기였다. 열 달 만에 보니 정말 엄청 자랐다. 키도 커지고 근육도 발달해서 예전보다 훨씬 몸이 좋아 보였다.

내공 역시 이전보다 발달했다. 기심의 수는 변하지 않았지만 전신에 담고 있는 기의 총량이 확연히 늘었고, 기맥을 통한 기의 운행도 훨씬 안정적이었다.

강연진은 그동안 있었던 일들을 이야기했다. 형운이 자리를 비우는 동안 비무 행사가 한 번 더 있었다고 한다. 거기서 양우전과 겨뤘는데 아쉽게도 패하고 말았다고.

형운이 물었다.

"신년 비무회에서 설욕해야지?"

"그럴 생각입니다."

강연진의 눈에 고요한 투지가 어려 있었다.

두 달 앞으로 다가온 내년 신년 비무회는 강연진도 청년부에 참가한다. 양우전과 직접 대결을 펼칠 수도 있을 것이다.

제자단에 들어왔을 때는 남들보다 뒤떨어졌던 강연진은 어느새 열 명의 제자단 중에 성취가 두드러지는 실력자가 되어 있었다. 이제는 다른 제자들도 강연진에게 함부로 하지 못했다.

"한동안 사부님 분위기가 정말 살벌했습니다."

"왜?"

"사형 때문입니다."

"음? 나?"

형운이 눈을 크게 떴다. 강연진이 설명했다.

형운이 청해군도에 들어간 후 한동안 소식이 끊어지자 귀혁은 눈에 띌 정도로 불편한 심기를 드러냈다. 제자들도, 고용인들도 말을 붙이길 무서워할 정도였다.

"그때는 정말 무서웠습니다. 다들 사소한 일로도 눈치를 봐야 했죠."

청해군도의 일이 일단락되면서 형운이 무사하다는 소식이 오자 그제야 분위기가 풀어졌다. 다들 안도의 한숨을 내쉬었다.

"확신할 수 있습니다. 아마 사형의 소식이 거기서 영영 끊어졌다면, 분명 사부님께서는 다른 일을 다 제쳐두고 그곳으로 달려가셨을 겁니다. 그리고 청해군도를 뒤집어놓으셨겠지요."

그 말에 형운의 입꼬리가 자기도 모르게 올라갔다.

"그래? 그랬단 말이지?"

자신의 소식이 끊어져서 노심초사하는 귀혁을 떠올리자 웃음을 참을 수가 없었다.

강연진이 말했다.

"그리고 내년부터는 저도 임무에 나서게 될 것 같습니다."

"벌써?"

형운이 놀랐다. 하지만 곧 자신이 잘못 생각했다는 사실을 깨달았다.

"아, 슬슬 그럴 나이이기는 하구나."

하운국에는 열다섯 살이면 성인식을 치른다. 게다가 무일의 경우를 보면 알 수 있듯이 무인들은 현실과 마주하는 것이 좀 더 빠르다. 성인식을 치르기 전에도 스승 역할을 하는 이를 따라서 공부 삼아 세상으로 나서는 일이 드물지 않았다.

형운은 어디까지나 특이한 사례였다. 강연진 정도면 이제 임무를 수행하면서 경력을 쌓기 시작하는 게 정상적이었다.

강연진이 말했다.

"그래서 사부님께 허락을 받았습니다. 사형만 허락하신다면 첫 임무 때는 사형을 따라가고 싶습니다."

"나를?"

"네. 앞으로 여러 사람과 같이 임무를 수행하게 되겠지만, 처음은 사형께 배우고 싶습니다."

"흠……."

형운은 잠시 고민했다.

마음 같아서야 흔쾌히 허락을 해주고 싶었다. 하지만 그러기에는 걸리는 구석들이 있었다.

'일반적인 임무를 언제 다시 맡게 될지 모르겠는데…….'

형운에게 경험을 쌓게 하기 위한 조직이 꾸려지기 전에 일반적인 임무를 맡게 될지 모르겠다. 형운도 워낙 오랫동안 나가 있었던 탓에 좀 쉬고 싶은 기분이기도 했고.

'하지만 연진이가 첫 임무를 나간다는데 내가 외면하기도 그렇지?'

형운은 그냥 적당한 임무를 하나 찾아서 신청하기로 하고 대답했다.

"그래, 한 번 정도는 같이 나갈 수 있을 것 같으니 그렇게 하자."

"감사합니다, 사형!"

강연진이 뛸 듯이 기뻐했다.

7

형운은 며칠 동안 두 가지 일로 바빴다.

하나는 각 부서의 검사와 실험에 응하는 일이었다. 그들은 이전보다 훨씬 집요하게 일월성신의 특성을 파헤치고 싶어 했다.

귀혁을 통해서 사정을 알게 되었기에 형운은 군말 없이 성실하게 그들의 요구에 응해주었다.

그리고 다른 하나는 죽은 부하들의 시신을 유족에게 인도하고 사과와 보상을 전하는 일이었다.

서하령과 마곡정의 호위무사에 대해서는 형운이 책임질 일은 아니었다. 그들에 대해서는 애도의 뜻과 개인적인 보상이 전해지도록 손을 쓰는 것에서 만족했다.

그러나 무일을 포함한 호위단 네 명에 대해서는 온전히 형운 자신이 신경 써야 했다.

무일의 경우는 가족이 없었다. 소식을 전할 만한 사람이 스승인 강주성 지부의 호위무사장뿐이었기에 어쩔 수 없이 다른 사람을 통해서 소식을 전하는 것으로 만족해야 했다.

다른 세 명 중 한 명은 고아였고, 두 명은 성해에 가족이 있었다. 개인적으로 찾아가서 부고와 보상을 전하는 것 말고 조직 차원에서도 제대로 보상이 이루어지도록 철저하게 일을 처리했다.

"후우."

마지막 시신을 유족에게 인도한 형운이 거처로 돌아와서 한숨을 쉬었다.

복잡한 심경이었다. 고아였던 한 명의 경우 그를 키운 교관에게 사실을 전했다. 오랫동안 조직의 일원으로 살아왔던 그는 슬픔을 갈무리하고 담담하게 사실을 받아들였다.

그러나 다른 둘의 유족들은 그렇지 않았다. 한쪽은 악을 쓰며 원망의 말을 쏟아냈고, 한쪽은 소리 죽여 흐느꼈다.

마음이 무거웠다.

'하지만 이 또한 내가 지고 가야 할 짐이겠지.'

잠시 휴식을 취한 후, 형운은 귀혁의 거처로 찾아갔다.

요 며칠간 귀혁의 회복을 위해서 하루에 한 식경(약 30분)씩 운기조식을 돕고 있었다. 이것은 외부의 이목이 차단된 비밀 연공실 안에서 귀혁과 전음으로 비밀 이야기를 나누는 시간이기도 했다.

하지만 형운은 귀혁에게 가는 도중 문득 자신의 팔목과 발목에서 진동음이 울려 퍼지는 것을 들었다.

우우우우웅……!

뭔가 외부에서 보이지 않는 힘이 자신에게 개입하려 하고 있다. 게다가 일반적인 술법과는 달리 인간은 항거 불가능한 초월적인 권능에 가깝다. 형운은 그 사실을 깨달았다.

'뭐지?'

다른 곳이라면 모를까, 총단에는 환예마존 이현이 구축한 강력한 결계가 펼쳐져 있다. 외부에서 술법으로 이곳을 엿보거나 개입하는 것은 거의 불가능하다. 운룡족인 운희조차도 이 안으로는 축지를 못 하지 않는가?

그런데도 이런 권능으로 자신에게 접촉할 만한 존재는…….

―뭐야, 그런 건 또 어디서 났어?

몇 번이나 들어본 목소리가 형운의 정신에 말을 걸었다.

제80장
작은 세계의 주인

성운을
먹는자

1

형운은 곧바로 자신에게 말을 걸어온 이가 누구인지 알아
차렸다.

"…성존님?"

―그래. 잠깐 보려고 했더니 이상한 게 방해하는군. 혹시
그거 진조족이 만든 거냐?

"네."

―내가 성몽으로 끌어들이는 것을 차단할 수 있다니, 진조
족 중에서도 꽤나 재주 좋은 장인이 공들여서 만든 모양이군.
잠깐 이리로 와라.

"어떻게요?"

―성몽으로 소환할 수 없으니 네가 직접 와야겠군. 성혼좌 까지 올 수 있겠냐?

그 말에 형운이 반사적으로 성도의 탑 위쪽, 100장(약 300미 터) 높이에 떠 있는 커다란 돌덩어리를 바라보았다. 성혼좌라 불리는 성존의 거처를.

―자력으로 못 오면 그 밑까지만 와라. 내가 끌어 올려주 지.

"자력으로 갈 수 있기는 한데, 잠깐만 기다려 주시면 안 될 까요?"

―음?

"제가 선약이 있어서요. 성존님 뵈러 간다고 말씀은 드리 고 가고 싶은데……."

형운은 말해놓고 아차 했다. 자신을 보는 성존의 시선에서 퍽 해괴한 경우를 다 겪는다는 감정이 느껴졌다.

성존은 별의 수호자의 절대자였다. 자기가 보고 싶으면 곧 바로 성몽으로 끌어들였다. 그리고 그렇지 않더라도 누군가 를 불렀는데 선약이 있으니 기다려 달라는 말을 하는 상대는 꽤나 신기한 존재일 것이다. 그건 굳이 성존이 아니더라도 권 력을 쥔 자는 누구나 그렇다.

―흠, 그래. 그러도록 해.

다행히 성존은 불쾌감을 느끼진 않은 것 같았다. 형운은 지나가는 시비를 붙잡고 귀혁에게 말을 전해줄 것을 부탁한 다음 가려를 불렀다.

"누나, 기다리세요."

"대체 무슨 일입니까?"

은신하고 있던 가려가 놀라서 물었다. 그녀에게는 성존의 목소리가 들리지 않았다. 당연히 형운이 허공을 바라보며 혼자 떠드는 것으로만 보였다.

"성존께서 부르셨어요. 저밖에 갈 수 없는 곳이니까 대기하세요. 알겠죠?"

"…알겠습니다."

상황을 파악한 가려가 대답했다. 형운은 그녀의 대답을 듣자마자 몸을 날렸다.

"잠깐! 멈춰라!"

형운이 경공을 펼쳐 성도의 탑에 접근하자 근처에서 제지하는 목소리가 울렸다. 성도의 탑을 지키는 역할을 맡고 있는 성운검대원들이었다.

그들이 형운을 알아보고 말했다.

"형운 공자, 무슨 목적으로 방문하신 것이오? 아시겠지만 성도의 탑에 경공을 써서 접근하는 것은 금지되어 있소."

"아, 미안해요. 성존께서 위로 오라고 부르셔서 그만."

"음? 지금 농담하시는 것은 아니겠지요?"

"물론 아닙니다."

—내가 부른 거 맞다. 시간 끌지 마.

형운이 설명하려는데 성존의 목소리가 모두의 머릿속에 울려 퍼졌다. 다들 헛숨을 삼키며 성혼좌를 올려다보았다.

성존의 관심을 끄는 이는 거의 없다. 따라서 성존의 목소리를 아는 이도 극소수에 불과하다.

하지만 지금 이 순간, 성혼좌에서 전해지는 압도적인 존재감은 의심의 여지를 없애 버렸다.

형운이 쓴웃음을 지었다.

"사정이 그래서 가봐야겠습니다. 수고들 하세요."

"어, 알겠소."

어안이 벙벙한 그들을 두고 형운이 몸을 날렸다. 한 번에 수십 장을 날아서 성도의 탑 벽면에 붙은 다음 그대로 꼭대기까지 달려 올라간다. 그리고 꼭대기에 도달하는 순간, 광풍혼을 전개하고 바닥을 박차며 어기충소로 날아올랐다.

"세상에……."

그 광경을 지상에서 보고 있던 이들은 다들 경악을 금치 못했다. 형운은 정말로 성혼좌까지 단숨에 날아올랐던 것이다.

후우우우우…….

성혼좌에 접근하자 갑자기 눈앞이 하얗게 물들었다. 분명

돌덩어리밖에 안 보였는데 갑자기 한 치 앞도 안 보일 정도로 짙은 운무가 펼쳐지다니?

'결계다.'

형운은 당황하지 않았다. 성혼좌 주변에 강력한 결계가 펼쳐져 있다는 것은 일찌감치 알고 있었으니까.

하지만 결계의 효과에는 놀랄 수밖에 없었다. 운무를 통과하자마자 갑자기 하늘과 땅의 방향이 바뀌었다.

"어어어어어?"

조금 전까지만 해도 형운은 분명히 성혼좌의 측면을 지나면서 상승하고 있었다. 그런데 갑자기 배를 땅으로 향한 채 맹렬하게 추락하다니?

형운은 즉시 허공에서 자세를 바로잡으면서 주변을 확인했다. 동시에 익숙한 풍경을 확인했다.

'성몽하고 똑같다.'

나무 한 그루 자라지 않는 삭막한 바위산이었다. 안개가 가득한 그 한가운데 거대한 구덩이가 파여 있었고, 그 안에 희미한 푸른빛을 발하는 직경 수백 장의 암석 덩어리가 보였다.

그 위에 바람 한 점 없는데도 하늘거리는 은발을 지닌 청년, 성존이 기다리고 있었다. 그의 주변에 무수한 문자들이 떠서 춤을 춘다.

형운은 곧바로 그 앞으로 낙하했다. 운화는 쓰지 않았다.

이곳으로 오는 동안에는 다른 이들의 시선을 의식해서, 그리고 지금은 성존에게 보이고 싶지 않아서였다. 이전이라면 무의미한 행동이겠지만 지금이라면 괜찮을 것 같다.

성존이 말했다.

"왔군."

"여긴 성몽하고 똑같군요."

"기본적으로는. 하지만 인간이 육체를 갖고 여기까지 온 것은 참으로 오랜만의 일이다. 귀혁 이후로 처음이야."

우우우웅…….

문득 형운은 팔찌와 발찌가 약하게 진동하고 있다는 사실을 깨달았다. 성존이 신기해하며 말했다.

"무엇을 했기에 진조족이 그런 것을 만들어주었느냐? 황족들도 그런 것은 갖지 못할 터인데."

"위진국을 위협할 수도 있었던 사악한 신의 부활을 저지했더니 그리되었지요."

"대단하군. 네 정신에 드나들 수 없고, 심지어 머릿속을 들여다볼 수도 없다니."

성존이 웃었다. 형운은 등골이 오싹했다. 원한다면 얼마든지 인간의 머릿속을 들여다보고, 그들의 의식을 조작할 수 있다는 말을 하면서 저리도 즐겁다는 듯 웃다니.

이전에는 그에 대해서 별생각이 없었다. 그가 무엇을 하든 이쪽에서는 항거할 수 없는 절대자였기 때문이다.

하지만 청해군도에서 사악한 신의 폭거를 겪고, 초월적인 권능에 대항할 수단을 갖게 되자 그에 대한 인식이 달라졌다.

우우우우우……!

그런 형운 앞에서 성존이 소름 끼치도록 어마어마한 힘을 일으켰다. 수천, 수만, 아니, 수억에 달하는 글자들이 허공에 나타나서 빛을 발했고 그로부터 발현된 권능이 형운에게 향했다.

'아.'

동시에 형운은 자신의 의식이 성존의 눈동자로 빨려 들어가는 것 같은 착각을 느꼈다.

그것은 아주 찰나였다.

파지지지직!

다음 순간, 진조족의 팔찌와 발찌에서 격렬한 뇌전이 일어나면서 형운과 성존이 한 발짝씩 뒤로 물러났다.

"…역시 그랬군."

성존이 희열에 찬 웃음을 지었다.

"이곳에서 내가 하고자 하는 일을 거부할 수 있다니, 아무리 진조족의 신물이 있다고 하더라도 불가능한 일이지. 심지어 나를 들여다보다니, 정말로 최고야! 이런 그릇을 만들어내다니, 모자란 자들에게 기대한 보람이 있었어! 하하하하!"

그는 잔뜩 흥분한 채 웃으면서 정신없이 말을 쏟아내었다. 형운은 광기가 엿보이는 그의 행동에 식은땀을 흘렸다.

하지만 그것을 압도하는 혼돈이 있었다.

성존은 진조족의 팔찌와 발찌가 발휘하는 수호의 힘을 뚫고 형운의 내면을 들여다보았다. 성혼좌는 그의 꿈이며 동시에 그가 삼라만상을 주관하는 작은 세계와도 같은 곳이다. 아무리 진조족의 기물이라도 이 세계 속에서 그의 권능을 완전히 막아내는 것은 불가능했다.

그러나 성존이 권능이 형운의 내면에 닿는 순간, 동시에 형운도 성존의 내면을 들여다보았다.

그것은 상상도 못 한 거대한 혼돈이었다.

성존은 인간과는 비교도 할 수 없는 시간을 살아왔다. 그리고 그동안 인간의 의식으로는 도저히 감당할 수 없는 양의 기억을 쌓아왔다.

그 기억을 통제하는 것은 신들이 구축한 술법이었다.

자신의 손으로 별을 만드는 데 성공, 그로 인해 세상을 멸망시킬 뻔한 주제에 성존은 여전히 인간의 운명을 갖고 있었다. 그러면서도 스스로 만들어낸 비약으로 한없이 불로불사에 가까운 수명을 손에 넣었으며, 인간을 아득히 초월한 권능마저 손에 넣었다.

그리하여 그는 인간을 초월했으면서도 천계의 법칙에 구

애받지 않는 존재가 되었다.

신들은 어떻게든 그를 세상의 흐름과 격리시켜 두고 싶어 했다. 그래서 그와 거래를 했다.

성존은 그저 장생하기만 하는 존재가 되지 않을 것이다. 초월적인 권능으로 삼라만상의 이치를 탐구하는 그는 그저 살아가는 자들과는 비교도 안 되는, 수천 명의 삶을 합친 것보다도 더 많은 기억을 감당해야 할 것이다.

그가 미쳐 버리는 것은 신들 입장에서도 바라지 않는 일이었다. 세상을 멸망시킬 수도 있는 존재가 어디로 튈지 알 수 없는 광기에 휘둘린다니, 상상만으로도 끔찍하지 않은가?

신들은 이성을 유지한 채로 기억을 다룰 수 있도록 해주는 것을 대가로 그를 성혼좌에 격리시켰다. 성존은 이 작은 세계 속에 잠든 채로 자신의 숙원을 추구하게 되었다.

'이 기억에 휘둘리면 안 돼. 떨쳐 버려야 한다.'

성존 자신조차도 신들의 술법이 없다면 감당할 수 없을 정도로 막대한 기억이다. 인간이 이것을 직시한다면 자아가 삼켜지고 말 것이다.

다행히 형운은 이미 거대한 기억의 군집 속에서 자아를 지켜본 경험이 있었다. 서서히 기억의 격랑으로부터 빠져나오는 형운을 보며 성존이 계속해서 떠들어댔다.

"형운, 네 육신은 대단하다. 너라면 분명 진조족의 신물 없이 맨몸으로도 이곳에서 아무런 불편함 없이 생존하겠지."

의미를 알 수 없는 말이었다. 그러나 형운이 필사적으로 떨쳐내던 혼돈 속에서 그에 대한 답이 떠올랐다.

형운은 깜짝 놀라서 주변을 둘러보았다.

"그래. 알았겠지? 이곳은 인간이 생존할 수 있는 환경이 아니다. 그래서 나는 언제나 성몽을 통해서만 인간들을 만나지."

이 세계는 단순한 기환진이 아니다. 세계를 파멸시킬 뻔했던 별의 씨앗, 성운단의 파편으로 만들어진 또 다른 세계나 다름없다.

삼라만상을 내포했지만 완성되지 못하고 파괴된 이 세계는 한없이 불완전하고, 탐욕스러웠다. 외부 세계의 존재가 들어오면 모든 것을 낱낱이 해체해서 집어삼키려고 들었다.

형운이 아닌 다른 사람이라면 이곳에 들어오는 순간부터 전신의 기운을 빼앗길 것이다. 그러다가 결국은 신체조차도 기화되어 세계의 일부로 녹아버리리라.

"네가 여기 오기 전까지는 귀혁이 최고였지. 그 녀석은 인간의 몸으로 이 세계의 탐욕에 저항하며 내게 도전했다."

"사부님이?"

동시에 그에 관련된 기억이 떠올랐다.

예전에 성존이 형운에게 말했었다.

'언젠가 너도 나한테 도전하겠지?'

그러면서 언젠가 그 의미를 알 날이 올 것이라 말했다.

형운은 그날이 바로 오늘이라는 사실을 깨달았다.

귀혁은, 아니, 역대 성운을 먹는 자 일맥의 계승자들은 모두가 한 번씩은 성존에게 도전한 적이 있었다.

그러나 그것은 흔히 말하는 '전투'는 아니었다. 그들은 모두 각자의 방식으로 성존의 숙원을 끝내고자 했다. 그리고 모두가 패배의 굴욕을 안은 채 훗날을 기약하며 후계자를 찾았다.

귀혁은 무인으로서, 무학자로서 성존에게 도전했다.

그는 이 작은 세계를 파괴하고 성존을 다시 인간의 영역으로 끌어내리고자 했다. 비록 일월성신을 이루지는 못했지만 귀혁 역시 성운을 먹는 자 일맥의 연구 성과가 집약된 그릇이다. 파괴된 세계의 파편을 자신의 몸에 담아낼 의도였다.

그러나 그 시도는 실패했다. 귀혁이 이 불완전하고 탐욕스러운 세계 속에서 버틴 시간은 한 시진(2시간)이 한계였다. 성존이 성운을 먹는 자 일맥의 가능성을 높이 사지 않았더라면 귀혁은 형운을 만나기 전에 유명을 달리했을지도 모른다.

'그랬었구나…….'

형운은 숨죽인 채 과거의 기억을 엿보았다. 자신이 아는 것보다 훨씬 젊은 모습의 귀혁이 성존을 상대로 벌인 사투는 실로 경이로운 현상의 향연이었다.

긴 숨을 토한 형운이 물었다.

"제가 당신이 바라는 그릇인가요?"

"아니, 아직은 아니지."

성존이 고개를 저었다.

2

"너는 능히 신을 담아낼 수 있는 그릇이다. 인간인 채로 일월성신의 잠재력을 거기까지 끌어내다니 대단하군. 또 다른 일월성신이 어땠는지 보겠느냐?"

성존이 허공을 응시하자 수억의 글자들 중 일부가 춤을 추며 발밑으로 떨어졌다. 그러자 바닥이 환해지면서 과거에 있었던 일을 비추었다.

유명후가 일월성신을 이루는 과정이, 그리고 인간을 초월한 존재가 되어 귀혁, 초후적, 윤호현, 고동준 네 명과 싸우다가 소멸하기까지의 과정이 보였다.

'아.'

그것은 단순히 영상만을 비추는 것이 아니었다. 형운은 마치 그 자리에 있었던 것처럼 생생하게 모든 것을 보고 들을 수 있었다.

형운이 비틀거리며 머리를 감싸 쥐었다.

'내가 그 목소리를 이기지 못했더라면, 저런 괴물이 되어 버렸겠구나.'

성존이 피식 웃었다.

"저것은 그릇으로서는 빵점이다."

"네?"

형운이 놀라서 물었다. 저 어마어마한 권능을 휘둘러 대는 괴물이 빵점이라니?

"쓸모가 있었다면 나는 위험 부담을 감수하고 일월성신 연구를 속행하도록 명했을 거야. 하지만 저건 그릇으로서는 아무런 쓸모가 없지. 사람의 운명을 지니기는 했지만 이미 사람이기를 포기한, 초월적인 권능에 자신을 팔아넘긴 존재 따위는 신이나 그 권속들하고 별로 다를 것도 없잖아?"

"……."

형운은 멍청한 표정으로 성존을 바라보았다. 신하고 별로 다를 게 없으면 그건 엄청난 게 아닌가?

성존이 눈살을 찌푸렸다. 형운이 자기 말을 전혀 이해하지 못함을 깨달은 것이다.

"그릇으로서는 정말 훌륭한데 머리가 나쁘구나. 쯧쯧."

"……."

"내 기억을 엿본다면 개념까지 통째로 가져가서 이해할 텐데, 쓸데없이 재주가 좋군. 벌써 그걸 떨쳐내다니."

성존은 형운의 상태를 정확히 파악했다. 형운은 그를 엿봄으로써 밀려온 혼돈을 물리치는 데 성공한 것이다.

"음, 그러니까 어떻게 설명해야 할까. 잠깐 기다려 봐."

성존이 눈을 감았다. 그러자 허공에 펼쳐진 수억의 글자 중 수천 개가 그의 머릿속으로 빨려 들어갔다.

곧 그가 말을 이었다.

"저건 생명이기를 포기하고 의념으로 통제되는 기운의 덩어리가 되었지. 살아 있기에 짊어질 수밖에 없는 온갖 제약들을 다 벗어던지고, 저기다가 무엇을 담든지 다 자기하고 똑같이 변질시켜 버리는 거야. 너도 비슷한 능력이 있긴 하지?"

"외부의 기운이 침투했을 때, 일월성신의 기운이 질적으로 우위를 점하기 때문에 전부 녹여 버리는 것 말인가요?"

"하지만 네 안에는 여전히 다양한 성질의 기운이 존재하지. 생명체로서, 인간으로서 존재를 유지하기 위해서."

"그렇죠. 그렇지 않다면 전 진즉에 녹아서 사라져 버렸을 테니……."

형운은 문득 일월성단을 처음 취했을 때를 떠올렸다.

한없이 순수한 기운이라는 것은 인간이 지닐 수 있는 것이 아니다. 생명체의 육신이란 더없이 잡다하고 불순한 기운의 집합체고 일월성신인 형운도 상대적으로 순수한 기운을 지녔을 뿐이다.

성존이 말했다.

"그건 불순한 것들일 수도 있지만, 반대로 아직 변화할 수 있는 가능성이기도 하지. 세상이 삼라만상으로 이루어졌듯이, 살아 있는 육신이란 그 안에 온갖 다름을 내포하고 있기 때문이야. 그런데 저건 자기 안에서 불순함을 전부 치워 버렸단 말씀이야? 그럼 어떻게 될까?"

"그, 글쎄요?"

"아, 이렇게까지 말해도 모르겠냐? 진짜 머리 나쁘네. 성운을 먹는 자 일맥의 계승자 놈들은 다 척 하면 착 하고 알아듣는 놈들만 있었는데 넌 왜 이래?"

"……."

"더 이상 변하지 않는 존재가 된다는 거다. 아, 외부에서 관측하면 변하는 것 같지. 지닌 기운이 더 커질 수도 있고, 그걸 활용하는 방법을 개발할 수도 있지. 좀 더 본질적으로 보면 저 기운 덩어리를 통제하는 자아의 생각이 달라질 수도 있고. 하지만 그뿐이야. 저것을 이루는 기운의 질은 불변해."

세상 모든 것은 기로 이루어져 있다. 그렇기에 생명체가 살아간다는 것은 외부의 기운을 받아들여서 자신을 변화시키는 과정이다.

그러나 유명후가 이루었던 일월성신은 어떤 외부의 기운을 받아들여도 변하지 않는다. 양적인 변화는 계속될지언정 질적인 변화는 종말에 도달했다.

"그놈한테 성운단을 먹인다고 치자. 절대 감당할 수 없다고 확신하지만, 천만무량대수분의 일 확률로 성공한다고 하더라도 그냥 저놈의 기운이 세상만큼 거대해질 뿐이야. 삼라만상의 가능성이 저놈 안에서 다 죽어버리는 거지. 그게 뭐겠어? 그냥 똥이지. 한없이 순수한 똥."

"똥……."

형운이 아연해졌다. 어휘 선택이 너무 파격적이지 않나?

성존이 콧방귀를 뀌었다.

"그러니까 너는 귀중한 그릇이야. 아무리 봐도 앞으로 일월성신을 계속 만들게 놔두면 너처럼 될 확률보다는 그놈처럼 될 확률이 압도적으로 높아 보이거든?"

형운은 그 말에 동의했다.

인간을 초월한 존재가 될 수 있다는 것은 너무나도 달콤한 유혹이었다. 평상시에 그 유혹을 물리칠 사람이라도 어려운 상황에 처한다면 어떻게 될지 알 수 없다.

형운 자신도 비몽사몽간이지만 절체절명의 위기에 처했을 때 암해의 신의 유혹에 넘어가지 않았던가?

"그래도 넌 아직 세상을 담을 그릇은 아니야. 그저 내가 본 것 중에 가장 높은 가능성을 지녔을 뿐이지. 널 위해서 나도 선물을 준비하고 있었는데……."

"선물이라고요?"

"진 일월성단도 실패작으로 끝났겠다, 다른 것을 준비하고 있었지. 하지만 지금의 너를 보니 별로 쓸모없을 것 같군. 생각이 바뀌었어."

"무슨 말씀이신지 모르겠습니다."

"곧 알게 될 거야. 뭐 일단은 돌아가도록 해라. 알고 싶은 것은 대충 다 알았고, 더 알려면 너를 해부해야 할 것 같으니. 나는 네 배를 가를 생각이 없으니 공백은 스스로 연구해서 메우도록 하마."

"그럼 물러가겠습니다."

"가봐."

형운이 그 말만을 기다렸다는 듯 냉큼 인사한 직후였다. 등 뒤쪽이 환해지더니 빛으로 이루어진 원형의 문이 생겼다.

놀란 형운이 성존을 바라보았지만 그는 이미 고개를 돌린 채 눈을 감고 있었다. 형운은 불안한 심정으로 빛의 문 안으로 뛰어들었다.

휘이이이이!

그리고 곧 자신이 성혼좌 밖에서 떨어져 내리고 있다는 사실을 깨달았다.

"…기왕이면 좀 지상까지 보내주시지."

형운은 투덜거리면서 경공을 전개했다.

3

형운이 성존을 직접 찾아간 일은 총단을 떠들썩하게 했다.

특히 장로들은 큰 충격을 받았다. 그들은 성혼좌가 어떤 곳인지 알고 있었기 때문이다. 그곳에 직접 부름을 받은 자는 극소수에 불과했다.

"도무지 손을 쓸 수가 없군."

운 장로가 짜증을 냈다.

인간의 권력을 좌지우지한다고 해봤자 성존이라는 절대자 앞에서는 무의미하다. 그런 성존이 형운을 주시하고 있다. 총애하고 있다는 쪽이 옳을지도 모른다. 이런 상황에서 형운에게 섣부른 수작을 부릴 수 있겠는가?

형운이 세운 공적도 문제였다.

청해궁에 다녀오면서 얻어 온 것들은 무지막지한 가치를 지니고 있음이 확인되었다. 심해에서 채취한 영약들만 하더라도 지금까지는 볼 수 없는 표본들이라 값을 따질 수 없었고, 비약들은 별의 수호자의 연단술사들에게 새로운 지평을 열 단서를 제공해 주었다.

해심단은 놀라운 비약이었다. 왜 청해용왕대가 소수이면서도 청해군도 내에서 독보적인 입지를 확보했는지 알 수 있었다.

뿐만 아니라 형운은 인어의 피를 정제해서 만든 치료약 등, 다양한 약들을 가져왔는데 하나같이 놀랍지 않은 것이 없었다.

무엇보다 해룡단의 존재는 장로들을 충격에 빠뜨렸다. 일월성단에 필적하는 기운이 응축된 비약이라니?

별의 수호자는 아직 자체적으로 일월성단과 필적하는 비약을 만들어내지 못했다. 이 장로가 천공단을 연구하여 개발 중인 비약이 그런 결과를 낼 것이라고 기대할 뿐.

아무리 청해궁이 현계의 용궁이라 불리는 곳이라 하지만 이 성과에는 충격을 받지 않을 수 없었다. 덕분에 장로들은 의욕을 불태우는 중이었다.

운 장로도 예외가 아니었다. 그는 한참 연구에 몰두하고 싶은데 이것저것 처리해야 할 업무가 날아들어서 짜증을 내고 있었다.

하지만 누굴 원망할 수도 없는 노릇이다. 그 자신이 권력을 쥐기 위해서 쌓아온 업보였으니.

초후적이 물었다.

"차기 지성은 어떻게 하실 겁니까? 정말로 형운 그 아이가 차지하는 것을 두고 보실 겁니까?"

"…그럴 수는 없지."

운 장로가 이를 갈았다.

상황이 너무 형운에게 유리하게 돌아가고 있었다. 이제는 전에도 후에도 없을 유일한 일월성신으로 성존의 총애를 받고 있고, 대륙에 명성을 떨쳐 한 자리가 빈 팔객의 자리를 노릴 인재로 칭송받고 있으며, 무엇보다 별의 수호자가 그의 무력을 아쉬워할 상황이었다.

하지만 그렇다고 형운을 차기 지성에다 앉혀놓으면 그의 야망이 무너진다. 어떻게든 자신의 편이 될 인물을 지성에다 앉혀야 했다.

"무격이가 올라가는 게 최선이지만, 안 되겠고."

"반발을 감당할 수 없을 겁니다. 너무 공공연하게 격차가 알려져 있으니까요."

초후적의 둘째 제자인 정무격은 실력과 실적 모두 나무랄 데 없는 인물이다. 하지만 공개 대련에서 한참이나 어린 형운에게 완패를 당한 것이 치명적이었다. 오성은 단순히 정치적인 입지만으로 차지할 수 있는 자리가 아니기 때문이다.

운 장로가 물었다.

"다시 무대를 마련해 준다면 이길 수 있겠나?"

"⋯⋯."

초후적은 잠시 생각하더니 고개를 저었다.

"아직은 어려울 거라고 생각합니다. 무격이도 그 후로 수련에 매진해서 실력이 많이 늘기는 했습니다만⋯⋯."

"그래도 당할 수 없을 정도로 형운 그 아이의 성취가 비정상적이라는 것이군."

"예."

초후적은 마곡정을 통해서 형운의 무위를 짐작해 보았다.

마곡정은 형운과의 우정을 생각해서 꼭 감춰야 할 비밀은 감춰주었지만 그에게는 초후적의 제자라는 입장이 있다. 스승이 묻는 대로 형운에 대해서 많은 것을 이야기해 줄 수밖에 없었다.

그 이야기를 토대로 초후적은 형운이 상식의 잣대로 판단할 수 없는 괴물이라는 결론을 내렸다.

운 장로가 말했다.

"그럼 차선을 택할 수밖에 없군. 백건익과 위지혁, 둘 중 어느 쪽을 올리느냐가 문제인데⋯⋯."

백건익은 별의 수호자 파견 경호대주로 광세천교의 십육귀 중 하나를 참살한 전적도 있는 실력자였다. 그러나 7년 전부터 운 장로가 지원했지만 별로 큰 영향력을 행사할 수 없다는 문제가 있었다.

그는 인재육성계획 출신도 아니고, 파견 경호대원으로 외부에서 실적을 쌓는 동안 인맥이 많이 쌓여서 운 장로 말고도 후원자들이 많았기 때문이다. 무력은 물론이고 처신에 있어서도 두각을 드러내는 인물이었다.

위지혁은 전임 풍성의 제자였다. 사부가 은퇴할 당시에는 아직 어렸고, 이후에 성장하면서 화성 자리를 노렸지만 하성지에게 밀린 인물이다.

그는 정무격이나 백건익보다는 연배가 높아서 40대 중반이다. 하지만 하성지에게 밀려났을 때 위진국 본단에 잡아두었던 입지를 잃었다. 권좌에서 멀어져서 변방에 머물게 된 그에게 운 장로가 손을 내밀어서 재기할 수 있도록 도와주었다.

초후적이 말했다.

"5년쯤 뒤라면 좀 더 후보가 많아지겠지만, 지금으로서는 그 둘이군요."

"백건익을 통제할 수 있을까?"

"그놈은 확신을 못 하겠습니다. 워낙 처신을 잘해서 잡을 만한 약점도 없지 않습니까?"

"위지혁뿐인가. 무격이가 거기서 패하지만 않았어도……."

"저도 애석하게 생각합니다만, 지성 자리만이 기회는 아니지요. 무격이가 지금은 부족한 구석이 많아도 시간이 지나면 충분히 오성 자리에 어울리는 격을 갖출 수 있는 녀석입니다. 요 1년간의 성취만 봐도 알 수 있지요."

"수성을 염두에 두고 있는 겐가?"

"제자 일로 마음의 상처가 깊은 것 같더군요."

수성 윤호현은 아직 총단을 떠나지 못했다. 내상을 완전히 회복하지 못했기 때문이었다.

하지만 주변에 배치한 인물들을 통해 들리는 이야기만으로도 그의 마음고생이 심함을 알 수 있었다. 원래 권력에 큰 욕심이 없었던 인물인 만큼 이번 일로 은퇴를 생각한다 해도 이상하지 않으리라.

"지금 물러나면 곤란한데……."

유명후의 일로 윤호현을 수성 자리에서 경질시켜야 한다는 비난도 있었다. 하지만 장로회의 여론은 그를 그대로 수성으로 두는 쪽으로 기울었다. 그는 풍령국 별의 군세에서 많은 지지를 받고 있으며, 무엇보다 별의 수호자는 지금 그만큼 검증된 실력자를 내치고 대체자를 뽑을 정도로 여유 넘치는 상황이 아니었다.

초후적이 말했다.

"그도 알고 있을 겁니다. 권력에 욕심이 없다 하지만 책임감이 없는 인물은 아니니까요. 적어도 뒤를 이어줄 사람이 나타날 때까지는 자리를 지키겠지요."

"흠, 그럼 일단은 지성 자리만 생각해도 된다는 말이로군. 위지혁에 대해서는 어떻게 생각하나? 우리와의 관계는 백건익보다 낫지. 하지만 무위는?"

"예전이라면 그럭저럭 턱걸이는 했겠지요. 하지만 부상으로 인한 공백기가 걸립니다."

그는 하성지에게는 당해내지 못했지만 위지혁 역시 당시에 화성 자리를 사정권에 두었을 정도로 뛰어난 무위의 소유자였다. 그러나 화성 자리를 빼앗기고 변방으로 좌천된 후의 행적이 문제였다.

한참 동안 그는 폐인처럼 지냈다. 그러다가 겨우 마음을 다잡고 다시 위를 노리기 위해 공적을 탐하다가 큰 부상을 입고 말았다.

그대로 은퇴했어도 이상하지 않을 정도의 중상이었다. 하지만 5년 만에 일선에 복귀했고, 다시 공적을 탐하는 행보를 보이던 중에 운 장로가 손을 내밀었다.

"…기량이 쇠퇴했다고 해도 이상하지 않습니다."

무인의 기량이란 종이에 적힌 기록과 달리 끊임없이 변화한다. 그것은 흡사 뜨겁게 달궈진 쇠와도 같다. 기량을 유지하는 것조차도 많은 노력을 필요로 하며, 나이가 들수록 더 힘들어진다.

위지혁의 지난 삶은 기량의 쇠퇴를 의심하기에 충분했다.

운 장로가 고개를 끄덕였다.

"검증이 필요하다는 말이군."

"그렇습니다."

"알겠네. 만약을 대비해서 백건익과의 거래도 준비해 두고, 위지혁에 대한 검증을 진행하도록 하지."

4

형운이 회복을 돕기 시작한 지 일주일 만에 귀혁이 완쾌했다.

귀혁 스스로 예상했던 것보다 훨씬 빨랐다. 귀혁은 흡족해하며 말했다.

"이제는 네게 심상경을 지도할 수 있겠구나."

심상경에 오르는 것은 외부의 지도보다는 스스로 이뤄야 하는 문제다. 이 시대의 무공이 체계화되었다고 하나 아직도 이론화가 완성되지 않은 부분은 많았고 특히 각각의 경지에 도달하는 과정이 그랬다. 심상경은 그중에서도 가장 높은 곳에 위치해 있었다.

무학자로서 별의 수호자 최고라는 평가를 듣는 귀혁조차도 그 자신의 개인적 경험을 연구하여 심상경에 오르는 단서를 줄 수는 있을지언정 확실한 길을 제시할 수는 없었다. 하지만 형운이 심상경에 오른 이상 가르쳐 줄 것이 산더미처럼 많았다.

두 사제는 거처를 나서서 광운산맥으로 날았다. 둘 다 보통 사람들에게는 잔상만이 보이는 속도로 성해를 벗어나서 광운 산맥으로 향한다.

"세상에."

귀혁이 형운을 인도한 곳은 유명후와 격전을 치른 곳이었 다.

그곳은 천재지변이 연달아 덮친 듯 지형이 처참하게 변해 있었다. 형운은 파괴의 흔적을 보며 혀를 내둘렀다.

"엄청나군요."

"어디 네가 이룬 성취를 보여주겠느냐?"

"네."

형운은 고개를 끄덕이고는 정신을 집중했다. 전신이 순백 의 빛을 발하더니 어느 순간 한 줄기 섬광이 파괴된 산맥을 가로질렀다.

—유성무극혼(流星無極魂)!

산봉우리 한복판에 커다란 구멍이 뚫려서 반대쪽 풍경이 보였다. 비현실적으로 깨끗하게 뚫린 원형의 구멍이 심상경 이 펼쳐졌음을 알려주고 있었다.

귀혁이 말했다.

"난 지금 네가 그걸 익힌 지 얼마 되지 않은 것치고는 상당히 빠르게 펼친다는 것보다 더 지적하고 싶은 점이 하나 있다만……."

"아, 이거요? 그냥 하다 보니까 되더라고요."

"…능공허도가 말이냐?"

귀혁이 어이없어했다.

무극의 권으로 산봉우리를 관통한 형운은 마치 허공에 디딜 곳이라도 있는 것처럼 서 있었다. 경공의 궁극적인 도달점이라 불리는 능공허도였다.

"그 암해의 신이 제 몸을 사용할 때……."

형운은 이미 연공실에 다니면서 전음으로 귀혁에게 그간의 이야기를 다 전했다.

암해의 신에게 몸을 빼앗겼을 때, 그가 신통력으로 행했던 일들 중 몇 가지는 몸에 직접적으로 작용했다. 운룡족의 신기를 휘둘렀을 때의 경험으로 운화를 터득했던 것처럼 그때의 기억을 통해서 능공허도를 터득한 것이다.

"혹시 되지 않을까 싶어서 연습해 보니까 되더라고요."

"허, 허허허……."

귀혁이 실성한 것처럼 웃었다. 이놈의 제자는 대체 자신을 얼마나 놀라게 해야 직성이 풀리는 것인가?

"살면서 이렇게 어이없어하는 날이 올 줄은 몰랐구나."

"사부님을 놀라게 해드리고 싶어서 감춘 보람이 있었군요."

"허 참. 혹시 또 뭐 있느냐?"

"이젠 없어요."

"통 믿음이 안 가는구나. 어쨌거나 나머지 하나도 보여보거라."

"예."

형운이 또 다시 무극의 권을 펼쳤다.

기술이 완성되기까지의 시간은 조금 전과 비슷했다. 두 호흡 정도로 불과 얼마 전에 심상경에 들었다고는 믿을 수 없을 정도로 빨랐다.

―유설무극권(流雪無極拳)!

이번에는 조금 전과는 전혀 다른 결과가 나왔다.

순백의 궤적이 산을 비스듬하게 관통하며 지상으로 이어졌다. 그리고 그 궤적을 따라서 거대한 얼음기둥이 생성, 일거에 깨져 나가면서 무시무시한 한기 파동이 폭발했다.

콰콰콰콰콰……!

구멍이 뚫린 산이 터져 나가면서 주변이 한겨울이라도 온 것처럼 얼어붙었다. 허공에 흩날리는 얼음조각들을 보며 귀혁이 혀를 내둘렀다.

"이 정도면 다룰 수 있는 냉기의 규모에 한해서는 검후와

144 성운을 먹는 자

필적하는 수준이군……."

어디까지나 장소가 설산이 아닐 경우지만 말이다.

어쨌든 실로 무시무시한 위력이었다. 귀혁도 이자령 말고는 냉기를 다룸에 있어 형운을 능가할 존재를 생각해 낼 수 없을 정도였다.

"훌륭하구나. 일단 축하한다. 심상경에 오른 것을."

"감사합니다."

"이미 너는 심상경의 고수들을 많이 보아왔을 것이다. 그러니 내가 이야기할 것도 없이 잘 알고 있겠지. 네가 손에 넣은 것은 궁극적 도달점이 아니라, 새로운 영역으로 들어서기 위한 입장권일 뿐이라는 것을."

흔히 심상경은 무인이 도달하는 궁극의 경지로 불린다.

그러나 그 경지에 도달한 자들은 알고 있다. 심상경이 끝이 아니라 시작에 불과하다는 것을.

"우리는 우리가 올라선 곳이 꼭대기가 아니라는 사실을 안다. 우리는 우리가 들여다본 곳이 바닥이 아니라는 사실을 안다. 우리는 우리가 휘두르는 무기가 절대무적이 아니라는 사실을 안다……."

모르는 자가 보기에 심상경의 절예는 신의 징벌처럼 절대적인 파괴의 힘처럼 보인다.

그러나 그렇지 않다는 것을 증명하기 위해서는 굳이 같은 영역에 들어선 무인을 데려올 필요도 없다. 세상에는 언뜻 절대적으로 보이는 이 힘을 상대적인 수준으로 끌어내리는 존재들이 수두룩했다.

형운은 이미 그런 존재들을 수없이 보아왔다.

"도달하지 못한 자들이 궁극의 절예처럼 이야기하는 이 힘도 본질적으로는 손발을 휘둘러 적을 치는 것과 별로 다를 바 없다. 무인으로서 추구하는 극의로 향하는 과정이며, 전투에 임해서는 목적을 이루기 위한 수단일 뿐이다."

귀혁의 태도는 형운에게 처음으로 무극의 권을 보여준 그날부터 한결같았다. 그가 형운에게 심상경의 절예를 절대적인 무엇으로 가르친 적은 한 번도 없었다.

자신의 무기를 과신하는 자는 그것이 통용되지 않는 상황에 맞닥뜨렸을 때 무너져 내리고 만다. 심상경의 절예를 맹신하지도, 의존하지도 말아야 할 것이다.

"자, 그럼 어디 한번 내게 무극의 권을 써보거라."

"…네?"

순간 형운은 자신의 귀를 의심했다.

귀혁은 언제나처럼 자연스럽게 형운에게 요구하고 있었다. 무극의 권으로 자신을 때려보라고.

"왜 그러느냐?"

"아니, 저기……."

"내가 위험할 거라고 여기느냐?"

"······."

"허어, 이런. 내가 제자에게 믿음을 심어주지 못했구나. 통탄할 일이로고."

귀혁이 과장된 태도로 고개를 절레절레 저었다.

형운이 입술을 깨물었다.

"사부님을 못 믿는 게 아니라, 저를 못 믿겠어요."

"어째서냐?"

"확신이 없어요. 이 힘을 썼을 때 일어나는 현상을 완전히 통제할 수 있다는 확신이."

"그래서 가르쳐 주려고 하고 있지 않느냐?"

귀혁이 빙긋 웃었다.

"형운아, 제자에게 기술의 진정한 의미를 가르치는 것이 사부의 몫이다. 단순히 기술만을 가르치는 교사가 아니라 스승을 자처하는 자라면, 제자의 인생을 이끌고 자신이 이상으로 여기는 무인으로 키워내는 자라면 응당 책임을 져야 한다. 사람을 죽일 수 있는 기술을 가르칠 때는 그 무게까지도 가르쳐야 하는 법이니라."

"······."

"역시 너는 행운아다."

"네?"

"세상에 심상경에 대해서 제대로 지도해 줄 수 있는 스승이 얼마나 되겠느냐? 나는 하나부터 열까지 혼자서 스스로 터득해야 했다."

이 영역을 가르쳐 줄 이를 만나지 못했기에 때로는 기록을 해석하고 훈련을 통해 구축한 이론을 직접 실전에서 시험해 보면서, 때로는 남이 하는 것을 보고 훔쳐 배우듯 기술을 연마해야 했다. 그러나 그렇게 고생해서 쌓아 올린 것을 형운에게 물려줄 수 있으니 얼마나 뜻깊은 일인가?

"과거에 심상경에 오른 많은 무인이 안타까움 속에 눈을 감았을 것이다. 제자가 심상경에 오르기만 하면 가르쳐 줄 것이 무궁무진한데, 명문정파의 무공이 그러하듯 후대에게 선인이 시행착오를 거쳐가며 쌓아 올린 것을 물려줘서 더 높은 곳을 노릴 수 있는데 그럴 수가 없었으니."

옛 기인들이 진전을 이을 자를 찾지 못한 것을 통탄하며 자신의 심득(心得)을 기록으로 남기는 것이 그런 경우다. 직접 붙잡고 가르칠 수는 없어도 언젠가 그 기록이 후예들에게 도움이 되길 바라는 마음이다.

그런 면에서 귀혁은 스승으로서 행운아였다. 귀혁은 형운이 자신의 제자라는 사실에 깊이 감사했다.

귀혁이 자세를 잡으며 말했다.

"오늘은 정말 기쁜 날이다. 내가 너를 제자로 들이던 날부터 꿈꾸던 일이 이루어졌으니."

"사부님……."

"형운아, 부디 이 사부를 기쁘게 해주지 않겠느냐?"

"…알겠습니다."

그렇게까지 말하니 형운도 더 망설일 수 없었다. 잡념을 떨쳐 버리면서 귀혁과 마주했다.

"자, 그럼 어디 얼마나 몸에 붙었는지 시험해 보자꾸나."

심호흡을 하는 형운에게 귀혁이 기습을 가했다. 허를 찔린 형운은 깜짝 놀라면서도 감극도로 공격을 받아냈다.

연달아 울려 퍼지는 굉음 속에서 사부와 제자가 격돌했다.

마치 국지적으로 태풍이 휘몰아치는 것 같았다. 형운과 귀혁이 일으킨 청백색 광풍이 서로 맞부딪치면서 이미 파괴된 주변을 한 번 더 뒤집어엎었다.

그리고 형운의 몸에서 빛이 솟구치기 시작했다.

"망설이지 말거라."

귀혁이 빙긋 웃었다.

그는 형운에게 숨 돌릴 틈 없는 공방 중에 무극의 권을 펼칠 것을 요구하고 있었다.

심즉동의 경지에는 이르지 못했어도 실전에서 쓰려면 어떤 상황에서라도 펼칠 수 있도록 익혀야 한다. 그리고 형운은 청해군도에 벌인 싸움으로 그런 상황을 경험했다.

'사웅.'

형운은 그와의 일전을 뼈저리게 기억했다. 눈앞에서 심상경의 절예를 펼치는 것이 뻔히 보이는데도 막을 수 없었던, 뒤에 낭떠러지가 있다는 것을 알면서도 속절없이 밀려나기만 했던 절망적인 경험을.

그 경험이 형운에게 귀혁이 요구하는 집중력을 만들어냈다.

귀혁은 격렬하게 형운을 몰아붙였다. 권각을 통한 격투 말고도 의기상인과 허공섭물까지 이용한 압박으로 형운에게 운화할 틈조차 주지 않았다.

'해야 한다.'

이런 상황 속에서도 무극의 권을 펼칠 수 있어야 한다.

그것도 어렵지만 더 어려운 것은 귀혁에게 펼쳐야 한다는 것이다. 모든 잡념을 떨쳐 버리고 그를 대상으로 순수한 파괴의 심상을 구현해 내야만 한다.

그 사실이 형운에게 무시무시한 압박감을 주었다.

'사부님은 문제없어. 능히 무극의 권을 받아내실 수 있다.'

머리로는 알고 있었다. 귀혁에게 무극의 권을 날린다 해도 거뜬하게 받아낼 수 있음을.

그러나 실행은 결코 쉽지 않았다.

형운은 자신이 손에 넣은 무기의 위력을 너무나도 잘 알았다. 수백 번도 넘게 반복해서 그 위력과 쓸모를 확인해 보았다.

그러니 두려워하지 않을 수 없었다. 만에 하나라도 귀혁이 잘못된다면 어찌해야 할 것인가?

그 심리적 장벽을 넘기 위해서는 고작 한 걸음만 내디디면 된다. 하지만 그 한 걸음의 무게는 어마어마했다.

귀혁이 말했다.

"흐트러지는구나. 나를 실망시키지 말아다오."

"큭……!"

형운은 필사적으로 집중력을 유지했다. 귀혁은 그런 형운을 점점 강하게 몰아붙였다. 시간이 지날수록 형운이 밀린다. 놀라운 기술들이 연달아 쏟아져 나오면서 형운을 궁지로 몰아넣었다.

준비는 이미 끝나 있었다.

활시위에 활을 걸고 조준까지 마친 상태다. 이제 발사하는 일만 남았다.

그런데 할 수가 없다.

결국 심적 부담감을 견디지 못한 형운의 손발이 어지러워지기 시작했다. 방어가 무너지면서 귀혁의 공격이 파고들어온다. 형운이 무심반사경까지 동원해서 가까스로 공방을 이어나갈 때였다.

'아!'

갑자기 귀혁에게 치명적인 허점이 드러났다.

형운이 무심반사경으로 설정해 둔 공방에 돌이킬 수 없는 어긋남이 발생했다. 귀혁이 당연히 막을 것을 전제로 한 지르기가 텅 빈 가슴팍을 향해 쏘아져 나갔다.

거둬들일 수 없다. 머리로 생각하고 내리는 결단보다도 빠르게 주먹이 귀혁에게 도달했다.

'안 돼!'

순백의 궤적이 허공을 달려 나갔다.

······!

동시에 폭발한 것은 물리적인 파괴력이 아니었다. 압도적인 의념의 충격파가 주변을 휩쓸었다.

5

털썩.

육화한 형운이 주저앉았다. 땀방울이 뚝뚝 떨어져 내렸다.

"아직은 설익었구나. 그래도 쓸 만해."

문득 뒤쪽에서 귀혁의 목소리가 들려왔다.

형운이 천천히 그를 돌아보았다. 그는 멀쩡한 모습으로 빙

굿 웃고 있었다.

"…일부러 그러신 거죠?"

"설마 내가 실수했다고 생각한 게냐?"

"그럴 리가 없죠."

형운이 얼굴을 붉히며 일어났다. 그리고 귀혁에게 따지고
들었다.

"너무하셨어요. 다시는 그러지 말아주세요."

"흠, 그건 약속 못 하겠구나."

"사부님!"

"말했잖느냐? 그것이 사부의 의무라고."

귀혁은 부드럽지만 단호하게 말했다.

공방에서 치명적인 허점을 보인 것은 의도된 행동이었다.
돌이킬 수 없는 상황을 연출함으로써 형운이 한 걸음을 내딛
게 유도하기 위해서.

그것은 목숨을 건 도박이었다. 만약 형운이 그 순간 무극의
권을 펼치지 못했다면, 혹은 약간이라도 펼치는 것이 늦었다
면 귀혁은 정통으로 공격을 맞았을 것이다.

"그나저나 어땠느냐? 처음으로 자기 손으로 만상붕괴를 일
으킨 소감은?"

"…역시 그것도 의도하신 거였군요."

"사람도 없는 곳이니 유용하게 활용해 봐야 하지 않겠느냐?"

형운이 무극의 권을 펼치는 순간, 귀혁 역시 무극의 권으로 받았다.

귀혁은 아무런 반발 없이 흘려낼 수도 있었지만 일부러 만상붕괴를 일으켰다. 자신이 발한 무극의 권으로 만상붕괴가 일어나는 경험이 처음이었던 형운은 다시 육화하는 순간 아찔한 감각에 사로잡혔다. 이 순간 귀혁이 재차 공격을 가했다면 꼼짝없이 당하고 말았을 것이다.

실로 귀중한 가르침이었다. 심상경의 절예끼리 부딪치는 것도, 그 결과 만상붕괴가 일어나는 것도 형운에게는 미지의 영역이었으니까.

"그렇군요. 실전에서 처음 겪었다면 속수무책이었을 거예요."

형운은 아직도 간담이 서늘했다.

마지막 한 걸음을 내디딜 수 있었던 것은 전적으로 귀혁 덕분이다. 그가 목숨을 걸고 자신을 믿어줬기에 해낼 수 있었다.

"감사합니다, 사부님."

형운은 정중히 예를 표했다. 귀혁은 고개를 끄덕이고는 말했다.

"고작 그 정도로 감동하면 앞으로는 어쩌려고 그러느냐? 아직도 가르칠 것이 무궁무진한 것을."

"뭐든지 처음이 가장 감사하고 감동적인 법 아니겠어요? 앞으로는 이렇게 감사받기 쉽지 않으실걸요?"

"하여튼 말은 청산유수로구나. 어디 그 말대로 될지 시험해 볼까?"

두 사제는 마주 보며 악동처럼 웃었다. 그리고 광운산맥 깊은 곳을 무참하게 헤집으면서 심상경 수련을 계속했다.

제81장

척마대주(刺魔隊主)

성운을
먹는자

1

또 한 해가 가고 새해가 밝았다.

그동안 별의 수호자에는 많은 일들이 있었다.

가장 큰 사건은 임시 지성으로 활동하던 홍주민의 은퇴가 공식적으로 발표된 일이었다.

그리고 그의 후임으로 전임 풍성의 제자 위지혁이 낙점된 것도 사람들을 술렁이게 만들었다.

처음에는 말이 많았지만 그가 과거에 하성지와 화성 자리를 두고 다투었던 인재였음이 알려지고, 각 부서의 도전자들을 상대로 무력을 검증하는 과정을 거치고 나자 어느 정도 받아들이는 분위기가 되었다. 여전히 남아 있는 불만의 목소리는 실력으로 잠재워야 할 것이다.

"아쉽지 않냐?"

형운에게 그렇게 물은 것은 마곡정이었다. 형운은 시큰둥했다.

"별로. 어차피 내 자리가 아니었는걸."

"욕심 없는 척하기는."

"딱히 그런 것은 아니야. 어차피 안 된다는 것을 알고 있었다는 거지. 그리고 내 자리는 처음부터 정해져 있으니 다른 자리 갖고 서둘 필요는 없어."

"무슨 자리를 말하는 건데?"

"당연히 영성이지."

"뭐?"

"다른 오성 자리는 누가 갖든 상관없어. 하지만 사부님의 뒤를 이어서 영성이 되는 것은 나야. 그거면 충분하잖아?"

"이 자식……."

욕심이 없기는커녕 터무니없이 크지 않은가?

형운이 피식 웃으며 말했다.

"풍성은 곡정이 네가 해라. 영성의 제자와 풍성의 제자가 나란히 영성하고 풍성 하면 그것도 이례적이라 재미있겠네."

다른 조직은 혈통이든 사제 관계든 대를 이어서 선대의 직위를 이어받는 경우가 흔하지만 별의 수호자는 오히려 그런 경우가 드물었다. 오성쯤 되면 사부의 직위를 고스란히 이어받는다는 것 자체가 이례적이다.

마곡정이 어이없어하며 말했다.

"웃기고 있네. 왜 이야기가 그렇게 되냐? 둘 다 오성 될 거면 당연히 내가 영성 하고 넌 다른 자리 가야지."

"오, 신기하네. 너도 야심이 있었구나?"

"뭐라고?"

"싸우는 거랑 하령이한테 안 맞고 사는 것 말고는 아무 생각 없는 줄 알았는데."

"끄응."

마곡정의 표정이 팍 구겨졌다. 확실히 그는 누군가에게 오성이 되겠다거나 하는 포부를 밝힌 적이 없었다.

하지만 그렇다고 해서 야심이 없는 것은 아니었다. 언제까지고 누군가에게 지시받으며 살고 싶지 않다. 사형들을 제치고 오성의 자리를 차지하고자 하는 욕심이 있었다.

"좀 앞서갔다고 기고만장해하지 마라. 금방 따라잡을 거다."

"그래그래. 아, 참. 신년 비무회는 어쩔 거냐?"

"안 나간다. 내가 나가면 다른 놈들이 불쌍하잖아?"

마곡정이 으스댔다. 작년에 우승한 것으로 미련을 버린 것 같았다.

'틀린 말은 아니기는 하지.'

작년의 마곡정도 강했지만 지금의 그는 그때와는 비교도 안 될 정도로 강해졌다. 내공은 물론이고 육체적으로도, 기술적으로도 단 1년이 지났다고는 믿을 수 없을 정도의 성취를 얻었다. 그런 그가 청년부에 나간다면 약자들을 괴롭혀 기회를 빼앗는 짓이리라.

형운이 화제를 바꿨다.

"그러고 보니 하령이 이야기는 들었어?"

"무슨 이야기?"

"하령이가 자기 조직을 창설하고 싶다고 요청서를 올렸던데? 너한테도 이야기 안 했나 보지?"

"뭐?"

마곡정이 눈을 휘둥그레 떴다.

2

서하령은 총단에 복귀한 후 한참 동안 거처에 틀어박혀서 두문불출했다. 청해군도에서 가져온 자료들을 읽고 연구하느라 여념이 없었기 때문이었다.

그러다가 신년이 되기 전, 상부에 한 가지 요청서를 냈다.

'음공원(音功院) 창설 신청.'

자신을 원주로 한 음공 연구 조직을 창설하겠다는 의지를 보인 것이다.

천요군이 품었던 야망이 그녀에게 새로운 꿈을 심어주었다.

자신처럼 희귀한 재능을 가진 자가 아니더라도 익히고 구사할 수 있을 정도로 음공을 연구한다. 개인의 재능에 의존하지 않고 누구나 배워서 쓸 수 있을 정도로 음공을 발전시킬 수 있다면 그것은 별의 수호자에게 있어서도 귀중한 재산이 될 것이다.

상층부는 이 기획을 긍정적으로 받아들였다.

서하령에게도 뭔가 그럴싸한 직위를 줘야 한다는 이야기는 이전부터 나오고 있었다. 성운의 기재라는 이유로 대외적으로 얼굴과 이름이 알려진 데다 지금까지 임무에서도 많은 실적을 올렸기 때문이다.

그런데 서하령 본인이 명확한 연구 목표를 세우고 지원을 요청하니 다들 기꺼워했다. 기존의 연구 영역과 겹치지 않는다는 점도 호감을 사는 요소였다.

"악사대하고 교섭 중이라며?"

형운은 신년 비무회장에서 만난 서하령에게 물었다. 서하령이 내내 두문불출해서 둘은 참 오랜만에 얼굴을 보았다.

서하령이 고개를 끄덕였다.

"응, 그래서 네 요청에는 응할 수 없어."

"객원으로라도 도와줄 수 없을까? 직책은 자문 역으로 해서……."

곧 형운은 한 조직의 수장이 된다. 이번 달 내로 조직 편성을 완료하고 공식적으로 발표할 예정이었다.

서하령이 시큰둥하게 물었다.

"굳이 내가 필요해?"

"내가 믿을 수 있는 사람들을 한 명이라도 더 두고 싶어. 지금까지 워낙 돌발 상황이 많이 벌어지다 보니 무력 면에서도 조금이라도 든든한 진용을 갖추고 싶고."

"말인즉슨 또 나를 위험에 끌어들이고 싶으시다?"

"아, 말이 그렇게 되나?"

서하령이 눈을 가늘게 뜨고 자신을 바라보자 형운이 슬그머니 시선을 피했다. 그리고 그녀가 뭐라고 하기 전에 재빨리 덧붙였다.

"대신 악사대 쪽하고의 교섭을 도와줄게. 혹시 내가 필요한 일이 있으면 그것도 도와주고……."

"좋아."

"고마워."

"하지만 분명히 해둘게. 난 어디까지나 객원이야. 조언을 하고, 일정이 맞는다면 임무에 나서줄 수도 있지만 내 사정이 우선이야."

"명심하지, 음공원주님."

"두고 보겠어, 척마대주님. 그나저나 척마대라니 의혈(義血)을 불태우며 세상의 평화를 위해 분골쇄신해야 할 것 같은 이름이야."

"내가 지은 거 아니거든? 선택의 여지가 없었다고."

형운이 맡게 된 조직은 척마대(刺魔隊)라고 했다. 신설되는 조직이라고 생각할 수 없을 정도로 규모가 커서 하운국의 모든 지부에 인원을 두고 움직이게 된다.

조직의 목적은 그 이름대로다. 기본적으로는 마인을 찾아서 척살하는 것, 그리고 더 나아가서는 민생을 위협하는 존재들과 대적하는 것이다.

지금까지 별의 수호자의 마인에 대한 대처는 늘 수동적이었다.

저쪽에서 공격해 오니까 받아친다. 황실의 마인 대책 기관에서 요청하니까 인원을 파견한다.

하지만 이제는 능동적으로 공세에 나서기로 한 것이다. 널리 명성을 떨친 형운을 간판으로 내세워서 민중의 별의 수호자에 대한 인식을 좋게 만들려는 의도였다.

누군가는 위선이라 말할지도 모른다. 그래도 형운은 이것이 의미 있는 행보라고 생각했다.

두 마교가 대륙 곳곳에서 분탕질을 치는 지금, 다른 마인들 또한 그 혼란에 묻어가면서 패악을 부리고 있었다. 거대한 힘을 지닌 별의 수호자가 그런 자들을 처단함으로써 힘없는 자들의 삶이 평안해진다면 기꺼이 조직의 의도대로 이용당해 줄 만하지 않겠는가?

서하령이 물었다.

"하지만 괜찮겠어?"

"뭐가?"

"아마 지금까지와는 비교도 할 수 없을 정도로 희생이 큰 조직이 될 거야."

형운은 자신이 책임지는 사람들을 잃는 것에 민감했다. 그런데 척마대는 아예 위험을 향해 뛰어들기 위한 조직이다. 대원들의 희생은 불가피한 일이 되리라.

잠시 동안 침묵하던 형운이 곧 결연한 표정으로 대답했다.

"해봐야지. 어차피 내가 하지 않겠다고 해도 누군가 할 일이니까. 그렇다면 차라리 내 의지로 하겠어."

"……."

"그렇다고 원치 않는 사람들을 끌어들이기는 싫어. 이미 지원자만 받겠다고 의사를 밝혀둔 상태야. 만약 인원이 부족해질 경우에는 활동을 다소 줄이고, 마인을 색출하고 추적하는 일에 대해서는 정보부의 도움을 받기로 했어."

"그게 받아들여졌어?"

서하령이 어이없어했다. 상층부에서 거창한 목표를 잡고 추진하는 일인데 형운의 저런 의견이 받아들여졌단 말인가?

형운이 말했다.

"어차피 척마대는 내 이름값을 활용해 보겠다는 것에서 출발했으니까. 내가 절대 못 하겠다고 빠졌으면 다른 누군가가 척마대주가 되어서 활동했겠지만, 내가 하겠다고 한 이상 활동이 적더라도 내가 직접 나서서 이름을 알리는 게 최우선이지."

"어처구니가 없네. 선풍권룡의 이름값이 엄청 비싼걸?"

"나도 모르는 새 많이 올랐더라. 덕분에 교섭이 성립했지."

형운이 빙긋 웃었다. 그러다가 곧 한숨을 쉬었다.

"실은 그래서 걱정이야."

"또 뭐가?"

"연진이가 척마대에 들어오겠다고 하고 있어서……."

"강연진? 그 애가?"

"안 된다고 했지만 첫 임무는 나를 따라가는 것을 허락해주기로 약속한 것 때문에 막무가내더라고. 그렇다고 내가 척마대주 취임 전에 임무를 나갈 수도 없고, 아⋯⋯."

"괜찮지 않아?"

그 말에 형운이 깜짝 놀랐다.

"뭐? 연진이는 아직 어려. 임무를 수행한 경험도 없고⋯⋯."

"하지만 귀혁 아저씨의 제자로 특혜를 받으면서 수련해 왔지. 또래의 다른 무인들과는 비교도 안 되는 기량을 가졌고."

"그렇기는 하지만⋯⋯."

"아끼는 사제라서 안전한 곳에 두고 싶어?"

서하령이 조소하며 물었다. 순간적으로 형운은 울컥했지만, 곧 감정을 가라앉히고 대답했다.

"⋯솔직히 말해서 그래."

"그 말, 그 애한테는 하지 마. 이미 무인으로 살아가고 있잖아. 좀 친하다고 해서 어린애 취급하는 것은 모욕이야."

"알아."

"하지만 네 마음도 이해 못 할 바는 아니야. 그러면 조건을 걸어."

"무슨?"

"비무회에서 4강에 들면 받아주는 정도면 납득하지 않을까?"

"왜 하필 4강이야?"

"그 정도가 적절하지 않아? 우승하라고 하면 말도 안 되는 억지로밖에 안 들릴걸."

그건 그랬다. 올해 생일이 지나야 열여섯 살이 되는 강연진에게 비무회 청년부 우승은 너무 어려운 과제다. 그리고 척마대가 위험 부담이 큰 임무를 수행한다고는 해도 그렇게까지 무력 요구치가 높지는 않았다.

형운이 눈살을 찌푸렸다.

"솔직히 불안한데……."

"그 애 실력이 그 정도야?"

"정말 많이 늘었거든. 게다가 요 두 달간은 나하고 훈련하기도 했고……."

양우전에게 설욕하고 싶어 하는 강연진을 위해서 형운이 바쁜 와중에 짬을 내서 훈련 상대가 되어주었다. 그런 만큼 다른 사제들에 비해서 자신과 격차가 큰 상대와의 대전 경험이 풍부해졌다.

"그래도 다른 방법이 생각 안 나는군. 결과는 하늘에 맡기는 수밖에."

형운이 한숨을 푹 쉬었다.

3

영성의 제자단은 반수 이상이 유소년부를 졸업하고 청년

부에 참가했다. 그리고 다들 2회전 이상에 출전하는 성적을
거두었다.

그중에서 두각을 보인 것은 작년에 8강에 진출했던 양우전
과, 유소년부에서 우승했던 강연진이었다.

둘 다 어린 나이에도 불구하고 승승장구했다. 그리고 8강
에서 만나서 격전을 벌인 끝에…….

"사형, 약속 지키셔야 합니다."

의료원의 침상에 누운 채로 강연진이 말했다.

형운이 쓴웃음을 지었다.

"알았다."

강연진이 양우전과 격전 끝에 승리를 거머쥐었다.

어느 정도 운이 작용한 승리였다. 강연진이 양우전보다 대
진 운이 좋아서 좀 더 기력을 많이 온존한 채였던 것이다.

그리고 워낙 격전이었기 때문에 강연진도 부상이 심해서
4강전은 기권할 수밖에 없었다. 그래도 형운이 내건 조건을
충족시킨 것은 부정할 수 없었다.

"당분간 푹 쉬면서 회복하는 데만 전념해. 안 그러면 첫 임
무에는 따라갈 수 없을 거다."

형운은 그리 말하고는 의료원을 나왔다. 그러다 문득 자신
을 보는 시선을 느꼈다.

양우전이 그를 기다리고 있었다. 그 역시 중상이라 아직 침

상에서 안정을 취해야 할 상태였는데 굳이 목발까지 짚고 나온 걸 보니 하고 싶은 말이 있는 것 같았다.

"무슨 일이지?"

"강연진을 척마대에 받아주실 겁니까?"

양우전은 형운과 말을 하는 것조차도 마음에 안 든다는 심기를 노골적으로 드러냈다. 형운이 시큰둥한 표정으로 말했다.

"그걸 네게 말해줘야 하냐? 알고 싶으면 연진이한테 직접 물어보든가."

"그 녀석에게 묻느니 대사형에게 묻는 게 낫습니다."

"그나마 자기한테 이긴 상대보다는 내가 낫다 이건가?"

형운의 빈정거림에 양우전의 눈빛이 험악해졌다. 물론 형운은 눈썹도 까딱하지 않았다.

형운과 사제들의 관계는 이전과는 조금 변했다. 친하게 지내는 것은 여전히 강연진 하나뿐이지만, 이제는 다른 녀석들도 조금이라도 형운에게 잘 보이려고 애를 쓰고 있었다. 그만큼 형운의 활약이 독보적인 데다가 그와 친하게 지내는 강연진이 빠르게 강해지는 모습을 보여줬기 때문이다.

하지만 양우전만은 한결같이 형운에게 적의를 보이고 있었다. 그리고 형운은 굳이 자신을 적대하는 녀석과 친해지기 위해서 애쓸 마음이 없었다.

"아픈 몸을 끌고 나온 성의를 봐서 대답해 주지. 네가 그 녀석에게 져버리는 바람에 그럴 수밖에 없게 되었어."

"큭……."

"몸조리 잘해."

형운은 몸을 돌렸다.

멀어지는 그의 등을 보면서 양우전이 이를 갈았다.

"두고 봐. 난 아직 포기하지 않았어."

4

척마대 창설이 공식적으로 발표된 것은 1월 말의 일이었다.

조직의 총인원은 150명으로, 그중 순수한 전투 인력은 130명 정도였다. 이 정도면 별의 수호자 기준으로도 상당한 규모의 무력 조직이다.

초대 척마대주는 형운, 그리고 세 명의 부대주 중 한 명은…….

"아, 진짜 매일 아침에 눈뜰 때마다 후회의 연속이다. 내가 어쩌다 네놈 밑으로 들어와서…….."

마곡정이었다.

형운이 한 명이라도 자기와 잘 아는 사람을 두고 싶다는 이

유로 그를 원한 것이 이유였다. 마곡정은 거절하려고 했지만 초후적도 딱히 좋은 자리가 없는 상황에서 좋은 경력이 될 거라고 권하는 바람에 결국 받아들이게 되었다.

형운의 호위단 네 명 역시 척마대주 호위단이라는 명목으로 척마대에 편입되었다. 단주는 그대로 가려가 맡고 있었다.

척마대를 위한 복장도 새로 맞췄다. 검푸른 바탕에 척마(刺魔)라는 두 글자를 은실로 수놓은 복장이었다.

형운과 마곡정도 그 옷을 입고 있었다. 두 사람이 대주 집무실에 들어서자 먼저 도착해 있던 척마대 간부들이 일어났다.

마곡정을 제외한 두 명의 부대주는 30대 중반과 40대로 경험이 많은 자들이었다. 사무를 책임지는 인물과 기환술사들 역시 경력자들로 채워졌다.

척마대에는 기환술사가 네 명 배정되었다. 그들을 총괄하는 것은 형운보다 열 살 많은, 키가 작고 온후한 인상에 다소 살집이 있는 청년 장평이었다.

아침 회의는 길게 이어졌다.

창설한 지 아직 일주일도 안 되었기 때문에 조직의 성격을 만들어가는 작업이 한창이었다. 어떻게 훈련을 할지, 조직을 운영할지에 대해서 논의할 것이 산더미 같았다.

그리고 이날은 좀 특별한 안건이 있었다.

"새 인원이 두 명 온다고요?"

형운이 묻자 기환술사 장평이 말했다.

"일단 저부터 말씀드리겠습니다. 그동안 파견 나가 있던 인원 하나가 지원을 해서, 일단은 제가 보내달라고 했습니다. 물론 대주님께서 보시고 결정하시면 됩니다."

"흠, 기환술사야 귀한 인력이니 온다면 환영입니다만, 어떤 사람인가요?"

"실은 이미 와서 기다리고 있습니다. 들여보내도 될까요?"

"아, 그러죠."

형운이 허락하자 문이 열리고 한 사람이 들어왔다. 들어온 인물을 보고는 다들 좀 놀랐다.

"조희라고 합니다. 척마대에 들고 싶습니다."

10대 중반으로밖에 안 보이는 소녀였기 때문이다.

조희는 체구는 작지만 당찬 인상의 소유자였으며, 상당히 활동적인 복장을 하고 있었다. 그리고 또 한 가지 요소가 형운을 놀라게 했다.

'내공이 2심이네?'

별의 수호자의 기환술사는 철저하게 연구에 매진하는 부류와 현장 활동을 하는 부류로 나뉜다.

대우는 연구에 매진하는 부류가 더 높다. 그들은 연단술사나 무인들을 위한 기물을 만들어내고, 기환진이나 기관을 설계하는 등의 일을 한다. 별의 수호자가 집단전에서 쓰는 진법은 전부 그들의 연구가 꽃피운 성과였다.

하지만 그렇다고 현장 활동을 하는 기환술사들이 고급 인력이 아닌 것은 아니다. 별의 수호자가 비정상적으로 많은 기환술사를 보유했을 뿐, 강호의 조직들을 보면 기환술사가 없어서 필요할 때마다 외부에서 초빙하는 경우가 대다수였으니까.

현장 활동을 하는 기환술사들에게는 체력이 요구된다. 외부로 먼 길을 다녀야 하고, 직접 적과 치고받고 싸우지는 않아도 전투의 긴장감을 버텨내면서 술법을 펼칠 수 있어야 하기 때문이다.

그렇기에 그들도 기본적인 무공은 익힌다. 하지만 본업인 기환술을 공부하고, 매일매일 쓸 술법을 준비하는 것만으로도 바쁜 몸인지라 어디까지나 구색 맞추기 정도다. 실전에서 적과 맞서 싸울 수 있을 정도로 무공을 연마한 이는 드물었다.

그런데 아직 어린 소녀가 그런 존재라니?

형운이 헛기침을 한번 하고는 말했다.

"조희 양, 자기소개를 부탁합니다."

"예. 올해로 열일곱 살이 됩니다. 얼마 전까지는 임무 파견 차 나가 있었습니다. 2년 전 성인식을 치르고 나서부터 열두 번의 임무를 수행했습니다. 그중 전투와 관련된 임무는 일곱 번이었고, 그만큼 실전도 겪어보았습니다. 마인 술사와 싸워본 경험도 있으니 척마대에 도움이 될 수 있다고 생각합니다."

조희는 미리 답변을 준비하고 왔는지 막힘없이 대답했다. 형운이 물었다.

"척마대에 지원하는 이유는 뭐죠?"

"어렸을 때 동생을 마인들에게 잃었습니다. 대주님도 아시는, 흑영신교가 성해를 공습했을 때의 일입니다."

그 말에 형운이 잠시 할 말을 잃었다. 그 일은 형운도 결코 잊을 수 없는 기억이었다. 처음으로 살인을 해본 날이었으니까.

"…그렇군요. 알겠습니다. 오늘부터 척마대원으로 활동하도록 하세요."

"감사합니다!"

형운이 별말 없이 흔쾌히 받아들이자 조희가 감격해서 고개를 숙였다. 형운은 그녀를 나가 있게 하고는 장평에게 물었다.

"그녀에게 무공을 가르친 것은 누구죠? 제대로 배운 것 같은데……."

그 말에 장평이 조금 당황했다. 자기가 보고하기도 전에 형운이 그 사실을 알아차렸기 때문이었다. 두 명의 부대주도 새삼 놀란 표정으로 형운을 바라보았다.

"모친에게 배웠다고 합니다. 모친이 성해에서 영업하는 도장의 딸입니다."

"그렇군요. 흠, 혹시 같이 일해보신 적 있나요?"

"두 번 있습니다."

"기환술사로서는 어떻죠?"

"우수합니다. 경력이 짧아서 공부는 좀 부족하지만 대신 감각이 좋죠. 현장 활동에 적합한 소질을 가졌다고 할 수 있습니다."

"알겠습니다. 무공은 제가 나중에 한번 보기로 하고……."

그때 부대주 추성이 입을 열었다. 그는 40대 초반으로 척마대의 간부들 중에서는 가장 연륜이 깊은 인물이었다.

"대주님, 괜찮겠습니까?"

"무슨 말씀이십니까?"

"그녀가 능력이 부족하다고는 생각하지 않습니다. 하지만 척마대의 일은 워낙에 위험성이 크고 거친 일이 될 텐데, 어린 여성을 끼우는 것은 조금……."

"남녀는 상관없다고 생각합니다. 척마대가 거의 다 남자이긴 합니다만 여성 대원이 없는 것도 아니고."

척마대에는 가려 말고도 세 명의 여성 대원이 있었다. 다들 기존에 전투 임무를 수행하던 무인들이었다.

"만약 그녀가 실전을 겪어본 적이 없었다면 아무리 능력이 좋았어도 받아들이기를 주저했을 겁니다. 하지만 기환술사로서도 충분히 한 사람 몫을 하는 인력이고, 경력도 있죠. 거기에 명쾌한 동기까지 가진 사람을 받아들이는 데 성별이 중요한 요소일까요?"

"흠……."

"부대주가 말씀하시고자 하는 뜻을 모르는 것은 아닙니다. 하지만 전 척마대를 출신이나 성별, 연령으로 구성원을 차별하는 조직으로 만들고 싶지 않습니다."

"알겠습니다. 제가 괜한 소리를 했군요."

"아닙니다. 앞으로도 많은 의견 부탁드립니다. 제가 수장이라고는 하지만 경험이 부족한 만큼 추 부대주의 조언은 귀중하니까요."

형운은 적당히 그의 체면을 세워주고는 화제를 바꿨다.

"나머지 하나는 누구죠?"

"그게……."

"음?"

말하기 난감해하는 기색이라 형운이 의아해했다. 그리고 곧 그 이유를 알 수 있었다.

강연진은 척마대원복을 입고 다른 대원들과 연수합격 훈련을 하고 있었다.

영성의 제자단이 열 명이나 되는 관계로 집단전 훈련은 익숙한 편이다. 하지만 척마대의 훈련은 초심자가 된 것처럼 따라가기 어려웠다.

이유는 손에 들고 있는 무기였다.

귀혁의 제자인 강연진은 지금까지 죽 맨손으로 싸우는 법만을 수련해 왔다. 수련할 때 다른 이의 상대역이 되기 위해 무기술도 배우기는 했지만 완전히 구색 맞추기여서 도저히 써먹을 수준이 못 되었다.

하지만 척마대에서는 무기를 들어야 했다. 척마대는 집단전을 기본으로 하니 효율적인 연계를 위해 장비를 통일하는 것은 당연한 방침이었다.

무인이라면 다들 맨손 격투술을 익히지만 순수 권사는 희귀한 존재다. 척마대를 통틀어도 형운과 강연진, 그리고 자문역인 서하령이 다였다.

이러니 권사만으로 조를 짤 수 있을 리가 없다. 따라서 강연진은 척마대에서 근접전 용도로 선택한 병기, 검을 익혀야만 했다.

한참 자신과 같은 조 인원들과 훈련하던 강연진은 갑자기 연무장에 방문한 한 사람과 서로 노려보았다.

방문자는 오만한 눈매를 지닌 소년, 양우전이었다.

"무슨 일이야?"

강연진이 물었다. 그도 그동안 성격이 많이 변했다. 여전히 낯을 가리는 편이지만 더 이상 양우전 앞에서 주눅 든 모습을 보이는 법이 없었다.

양우전이 못마땅한 기색이 역력한 표정으로 말했다.

"나도 척마대에 지원해서 살펴보러 왔을 뿐이다."

"뭐? 네가?"

강연진이 놀랐다. 전혀 예상치 못한 대답이었다. 형운도, 강연진도 지독히 싫어하는 그가 척마대에 들어온다니?

"혹시 다른 녀석들도?"

"나뿐이다."

"대사형이 받아줄 거라고 생각해?"

"받아줄 거다."

양우전이 자신만만하게 웃었다.

형운의 배포를 믿어서가 아니다. 받아주지 않을 가능성이 높다고 생각했기 때문에 철저하게 준비하고 왔다.

귀혁에게 청해서 추천장을 받아 온 것이다.

"그런 방법도 있었구나……."

강연진이 신음했다. 그리고 물었다.

"왜야?"

"대사형이 얼마나 잘났는지 직접 눈으로 보고 싶어서다. 생각해 보면 우리는 대사형에 대해서 아는 것이 거의 없지. 뛰어넘어야 할 벽의 실체조차 몰라서야 되겠냐?"

영성의 제자단은 지금까지 한 번도 형운의 진면목을 본 적이 없다. 그들이 알 수 있는 것은 가끔씩 함께 훈련할 때 보여주는 무공과, 들리는 소문뿐이었다.

양우전은 그래서는 안 된다고 생각했다. 자신이 따라잡고자 하는 형운이 어떤 사람인지, 어떤 일을 하고 있는지 직접 봐둘 필요성을 느꼈다.

또한 척마대는 지금 젊은 무인들에게 새로운 기회의 문으로 주목받는 조직이었다. 위험성이 크긴 하지만 외부에 명성을 떨치는 만큼 이곳에 몸담은 경력은 많은 도움이 될 것이다.

'앞으로 계속 도적들이나 상대하고 싶진 않다. 무인으로서 의미 있는 적을 상대하고 싶다.'

양우전은 이미 작년부터 몇 번의 임무를 수행했다. 도적들이나 요괴들을 상대로 실전을 치러보기도 했지만 위험하다고 느껴본 적이 없었다.

기재로 인정받아 귀혁의 제자로서 아낌없는 지원을 받으

며 성장해 온 몸이다. 자신의 기량에 걸맞은 적과 싸우고 싶
다는 마음이 있었다.

"……."

강연진은 잠시 할 말을 잃었다. 양우전이 말한 이유가 자신
의 이유와 놀랄 정도로 비슷했기 때문이다.

형운의 진면목을 모르는 것은 강연진도 마찬가지였다. 그
나마 형운과 개인적으로 함께 수련하는 일이 많아서 좀 더 가
까이 느낄 뿐이다.

그래서 동경하는 그에 대해서 좀 더 알고 싶었다. 그가 걸
어가는 길에 함께해 보고 싶어서 척마대에 넣어달라고 떼를
썼다.

양우전이 말했다.

"같은 조직에 몸담고 있으면 서로의 우열이 명확해지겠지.
각오하는 게 좋을 거다."

"내가 할 말이다."

강연진이 그를 노려보았다.

둘의 관계는 선의의 경쟁자와는 거리가 멀었다. 강연진은
다른 제자들이 양우전을 중심으로 자신을 핍박했던 것을 평
생 잊지 못할 것이다. 그가 귀혁의 제자 중에 사형제의 정을
느끼는 상대는 오직 형운뿐, 나머지는 박살 내버려야 할 적에
지나지 않았다.

잠시 서로 노려보던 두 사람은 서로 몸을 돌렸다.

6

척마대주가 된 형운은 눈코 뜰 새 없이 바빴다.

창설한 뒤로 계속 조직의 성격을 원하는 방향으로 굳혀 나가고, 외부에서 경험이 풍부한 인원을 초빙해서 마인을 추적해서 싸울 때의 주의점을 강의받으면서 내부 지침을 만들어 나가고, 훈련 계획을 짜고, 훈련을 해나가는 데 수장으로서 신경 쓸 게 한두 가지가 아니었다.

정신을 차리고 나니 4월이 되어 있었다.

"와, 진짜… 새삼 느끼는 거지만 무공에만 매진할 수 있다는 건 축복이구나."

야심한 시각에 퇴근한 형운은 의자에 몸을 던지며 투덜거렸다.

바깥일에 신경 안 써도 되던 시절에는 몰랐다. 무인에게 있어서 의식주 걱정 없이 수련에만 매진할 수 있다는 것은 엄청나게 축복받은 환경이었다.

왜 풍성의 제자인 정무격이 공개 석상에서 형운에게 패한 뒤 일선에서 물러나다시피 하면서 수련에 매진했는지 알 것 같았다. 한창 공적을 쌓아서 경력을 탄탄히 해야 할 시기인데도 그런 극단적인 길을 택한 것은 무인으로서의 기량이 부족함을 뼈저리게 느꼈기 때문이리라.

"음……."

형운은 예은이 끓여주는 차를 마시고는 잠시 멍하니 창밖을 바라보다가 다시 일어났다.

예은이 물었다.

"오늘도 나가시게요?"

"응, 새벽에나 들어올 거니까 신경 쓰지 말고 먼저 자."

"너무 무리하시는 것 아니에요?"

"괜찮아. 정말이야."

형운은 매일 퇴근 후에 지하의 연공실로 향했다.

일이 많아서 수련할 시간도 거의 안 난다. 척마대의 훈련 시간에도 남들이 하는 것을 보고 수장으로서 익혀야 할 것들을 연습하는 게 우선이지 개인 수련은 생각도 할 수 없었다.

'일월성신이라 다행이다.'

형운은 진심으로 그렇게 생각했다. 극단적으로 수면 요구량이 적고, 회복력이 경이로운 몸이 아니었다면 도저히 수련할 짬을 낼 수 없었으리라.

형운도 강연진과 마찬가지였다. 지금까지 죽 순수 권사로서만 자라왔는지라 무기술에는 초보자나 다름없었다.

물론 형운은 강연진과는 상황이 많이 다르다. 애당초 선풍권룡은 강호에 권사로 이름나 있으며, 형운과 다른 이들의 무력 격차가 너무 커서 척마대원들에게 지원을 받을지언정 연수합격을 펼칠 일은 없다고 봐도 좋았다.

하지만 형운은 척마대주다. 대원들이 무엇을 할 수 있는지 명확히 알아야 실전에서 그들을 적재적소에 써먹을 수 있었다.

그래서 형운은 겉핥기나마 척마대에서 쓰이는 무공들을 공부하고 있었다.

귀혁은 이것이 형운에게도 도움 될 것이라고 말했다. 무기술을 직접 연마해 봄으로써 무기술을 쓰는 상대를 더 깊이 이해할 수 있는 것이다.

"슬슬 감은 잡히는데……."

형운은 귀혁의 지도하에 익혀야 할 무기술의 기초를 잡고 매일같이 숙련도를 높여갔다.

귀혁의 무공들은 무기술에도 응용 가능했다. 근본적인 진기 흐름이나 호흡은 각각의 무공을 따라야 하지만 광풍혼이나 유성혼 등 기공을 발휘하는 기술들은 무기를 통해서도 펼칠 수 있다.

하지만 척마대가 쓰는 무공은 검술과 창술만이 아니었다. 비도술은 기본이고, 그 외에도 대원마다 특기 분야가 있었다.

가장 대표적인 것은 궁술조다. 그리고 적을 포획하는 경우를 위해 철로 된 그물을 던지거나 사슬추를 쓰는 대원들도 있었다. 거기에 괴물을 상대로 할 때의 대비해서 망치나 도끼를 보조 장비로 지급받는 인원들도 있다.

물론 형운도 이 모든 것을 다 수련하려고는 하지 않았다. 몸소 익히는 것은 검술과 창술만이고 나머지는 활용법만 공부했다.

"아이고, 하령이한테 시켰으면 순식간에 다 했겠지?"

검술과 창술을 한 차례씩 수련한 형운이 투덜거렸다.

하나하나의 동작만 보면 완벽하다. 일월성신의 특성 덕분에 귀혁이 기초를 봐준 것만으로도 충분한 완성도가 나왔다.

하지만 각각의 기술들을 엮어서 운용하는 것은 별개였다. 형운은 여기에 대해서는 우직하게 여러 조합을 연습해 보고 있었다.

혼자서 수련하는 것만으로는 안 된다고 생각해서 상대를 두고 연습하기도 했다. 서하령은 대단히 바빴기 때문에 가려와 마곡정이 상대가 되어주었다.

7

마곡정이 외쳤다.

"밑이 비었다!"

"큭!"

"여긴 어떠냐!"

"아주 신났구나! 신났어!"

"그게 싫으면 좀 더 잘해보시지그래, 대주님?"

마곡정은 정말 신바람을 내면서 형운을 몰아붙였다.

내공을 같은 수준으로 제약하고, 기공파를 제외한 채 검술을 겨루는 훈련이었다. 이렇게 되자 형운은 마곡정 앞에서 쩔쩔맸다. 마곡정의 진신무공이 도법이라고는 하지만 어린 시절에는 검술도 수련한 전적이 있어서 숙련도의 차이가 컸다.

하지만 형운도 호락호락하지 않았다. 아직 채 3개월도 안 지났는데 마곡정도 이제 승리를 장담하기 어려운 수준이었다.

'아, 저놈의 일월성신 진짜 짜증 나네!'

신바람을 내던 마곡정은 날이 갈수록 한 번 결판내기까지의 시간이 길어지자 짜증이 났다.

형운은 기술 하나하나의 완성도가 검술을 익힌 지 3개월도 안 됐다고는 믿을 수 없을 정도로 높다. 또한 영수의 혈통인 마곡정보다도 신체 능력이 뛰어나며, 감극도라는 맨손과 무기술을 가리지 않는 절세의 무공을 익히고 있다.

거기에 풍부한 전투 경험으로부터 우러나는 감각이 더해지자 실력이 느는 것은 순식간이었다.

쩡!

하지만 그래도 아직까지는 마곡정이 위였다. 검에 싣는 진기 조절을 실수한 형운의 검이 부러졌다.

"이겼다!"

"젠장. 또 분질러 먹었네. 자꾸 비품 깨먹지 말자니까? 이제 이 방법 말고는 이길 방법 못 찾겠냐?"

"불만이면 안 부러지는 검 찾아오시든가?"

마곡정이 코웃음을 쳤다. 그를 째려보던 형운이 푸념했다.

"아, 진짜 오랜만에 돈 신경 쓰고 살아보네."

척마대주가 된 형운은 비품 소모에 민감해져 있었다. 지금까지 영성의 제자라는 축복받은 환경이라 거의 돈 걱정을 해본 적이 없는데 한 조직을 이끄는 입장이 되니 배정된 예산을 신경 쓰고 살아야 했다.

마곡정이 물었다.

"그만할 거냐?"

"아니, 한 판만 더."

형운이 부러진 검을 내던지고 새 검을 쥐었다. 그리고 마곡정이 달려들기 전에 신신당부했다.

"이번에는 노골적으로 검 부수기 없다, 알겠지?"

8

그렇게 계속 정신없는 나날을 보내던 중, 겨우 일정을 맞춰서 귀혁의 지도를 받게 된 형운이 물었다.

"사부님."

"왜 그러느냐?"

"사부님은 검술이나 창술도 익히고 계시잖아요? 그 외에도 다양한 무기술을……."

"흠, 다 어느 정도는 하지."

귀혁도 영성이 되기까지 많은 조직을 거쳤다. 그리고 각 조직에서 요구하는 장비와 무공을 완벽하게 터득했다.

다재다능한 그는 거기서 그치지 않고 무수히 많은 무공을 익혔다. 그에게서 형운에게 이어진 무공은 수많은 무공들을 연구해서 창안한 것들이다.

"그럼 혹시 무극의 권 말고 심검이나 신검합일도 펼치실 수 있나요?"

"있다."

"……."

"왜 그러느냐?"

"와, 우리 사부님 진짜 엄청난 분이시구나 싶어서요."

형운이 혀를 내둘렀다.

심상경의 절예는 온갖 제약이 따라붙는다. 심상경에 도달하는 것도 어렵지만 스스로의 육신과 병기의 제약을 넘어서는 것은 그 이상으로 어렵다.

검사가 익숙한 애검이 아니라 다른 검으로 심검을 펼친다면 그것만으로도 대단한 일이다. 그런데 권사인 귀혁이 심검이나 신검합일을 펼칠 수 있다니…….

귀혁이 말했다.

"뭘 그걸 갖고 놀라고 그러느냐? 자혼이 하는 걸 내가 못할 거라고 생각했느냐?"

청해군도에서 암야살예 자혼은 무극의 권과 심검, 신검합일을 자유자재로 혼용했다. 귀혁은 그 이야기에 빗대서 자신에 대한 형운의 평가에 불만을 표시했다.

형운이 말했다.

"선검께서 보여주셨던 건 못 하신다고 했잖아요."

"……."

그 말에 귀혁의 표정이 구겨졌다. 확실히 그 건으로는 할 말이 없었다. 그가 어색하게 헛기침을 했다.

"남들이 할 수 없는 일을 할 수 있다고 해서 남들이 하는 일을 다 할 수 있는 것은 아니다."

"뭐 사부님이 대단한 분이라는 거야 이견의 여지가 없죠. 그냥 그렇다는 거예요."

"……."

귀혁이 눈살을 찌푸린 채 형운을 빤히 바라보았다. 형운이 슬그머니 시선을 피하며 딴청을 부리자 그가 흥 하고 코웃음을 치고는 말했다.

　"심상경에서 병기의 제약을 벗어나는 것이 그렇게까지 대단한 경지는 아니다. 그건 내가 검으로 심상경에 도달한 검사만큼 검술을 높은 수준으로 익히고 있어서는 아니지."

　"각각의 병기로 심상경에 도달하는 것이 아니라 어디까지나 심상경 안에서의 문제라는 거군요."

　"그래. 처음에는 개인에게 익숙한 애병으로부터 벗어나고, 그다음으로는 권이나 검이나 창처럼 익숙한 형태로부터 벗어난다. 하지만 그게 병기로부터의 완전한 해방을 의미하는 것은 아니다. 자신이 극한까지 익힌 형태이기에, 거기에 대해서 고차원적으로 이해하기에 구축할 수 있는 심상이 있으며 펼쳐낼 수 있는 형태가 있지."

　"제약에서 벗어나는 것과 어떤 심상이든 자유롭게 구현할 수 있는 것과는 별개인 건가요?"

　"세상이 그렇게 만만하더냐?"

　"역시 아니죠?"

　심상경 안에는 무궁무진한 가능성이 숨어 있다. 그것은 자신이 연마해 온 무공과 연결되어 무수한 가지를 뻗는 과정이었다.

형운을 예로 들면 권사로서 심상경에 올랐기에 무극의 권을 펼친다. 그것이 현실에 펼쳐지는 형태는 권격으로 가하는 것의 연장선에 있다.

때려서 부순다. 혹은 때려서 꿰뚫는다.

하지만 만약 검사로서 심상경에 올랐다면 베어서 가른다, 혹은 찔러서 꿰뚫는다가 되었을 것이다.

사람마다 연마해 온 것이 다르기에 차이가 생긴다. 그리고 이 차이야말로 각자의 개성과 다양성을 만들어내는 요소였다.

귀혁이라도 심상경으로 예리하게 잘라내는 형태를 구현할 때는 검사보다 애를 먹는다. 그런 제약이 있기에 계속해서 새로운 것을 추구한다.

"그러고 보니……."

한차례 수련을 마친 뒤 귀혁이 말했다.

"곧 척마대가 첫 임무에 나선다고 하더구나."

"다음 주에 나가게 됐어요. 일단은 진해성이니 일정이 길어지진 않을 것 같고요."

"준비는 다 했느냐?"

"최선을 다했지만 아직 많이 부족하지요."

형운이 쓴웃음을 지었다. 주어진 3개월의 준비 기간 동안 정말 열심히 준비했다. 하지만 마음 같아서는 앞으로 한 반년

쯤은 준비만 하고 싶을 정도였다.

　귀혁이 말했다.

　"늘 그런 법이다."

　"그렇더라고요."

　"첫 임무에는 역시 네가 나서겠구나."

　"당분간은 모든 임무에 제가 나서면서 모든 인원과 한 번씩 경험을 쌓을 생각이에요."

　척마대는 전투 수행원만 해도 130명에 달하는 조직이다. 이들 전원이 하나의 일에 투입될 일은 없다. 일이 생길 때마다 일정 인원들이 각지로 파견되어 임무를 수행하고 귀환하는 식으로 운용될 것이다.

　당연히 형운이 직접 나서는 임무는 한정될 것이다. 그런데 형운은 당분간 모든 임무에 나설 것이라고 말했다.

　귀혁이 물었다.

　"그 정도로 운용을 방만하게 하는 것이 허락되는 게냐?"

　"네. 그러니까 모든 임무 수행 일정을 며칠씩 시간 차를 두고 짤 거예요. 제가 속한 조가 임무를 해결하고, 대원들은 복귀시키고 저는 다른 곳으로 달려가는 거죠."

　"……."

　귀혁이 퍽 해괴한 소리를 다 듣는다는 듯한 표정을 지어주었다.

형운이 장난스럽게 웃었다.

"농담이에요. 제가 튼튼하기는 해도 그건 무리죠."

"알고 있으니 다행이구나."

귀혁이 끌끌 혀를 찼다.

형운이 말한 계획은 단순히 이동 능력만을 고려하면 불가능하지는 않다. 형운도, 귀혁도 경공을 펼치면 지형 조건을 넘어서 비상식적인 속도로 이동할 수 있으니까.

하지만 아무리 형운의 몸이 강인해도 한계가 있다. 그렇게 한 번 초장거리를 이동할 때마다 막대한 진기를 소모해야 하고, 육체에도 큰 부담이 걸린다.

게다가 척마대의 임무는 전투다. 언제라도 강적과 싸울 수 있는 최적의 상태를 유지해야 할 사람이 일정에 휘둘려서 몸을 혹사한다면 임무를 내버리는 짓이나 다름없다.

형운이 말했다.

"실제로 고려해 보기는 했는데, 역시 안 되겠더라고요. 어차피 한동안은 '별의 수호자에서 선풍권룡이 이끄는 척마대라는 조직을 내세워서 민생을 위협하는 존재들과 싸우기 시작했다'고 선전하는 게 가장 중요하기 때문에, 무조건 저를 끼고 움직이기로 했어요."

"흠, 조직의 성격이 특수하다 보니 그런 일도 벌어지는구나."

"그러게 말이죠. 아, 그러고 보니 사부님. 혹시 가장 최근에 폭풍권호로 활동하신 게 언제였나요?"

"한 반년쯤 된 것 같구나."

귀혁은 형운을 제자로 받은 후에도 비교적 꾸준히 폭풍권호로 활동하고 있었다. 그렇지 않았다면 진즉에 실종 혹은 사망으로 간주되어서 팔객에 빈자리가 생겼으리라.

활동 방식은 총단 밖으로 임무를 나갈 때마다 여유가 생기면 혼자서 민생을 위협하는 존재들을 처리하는 식이었다. 그래서 귀혁은 임무를 나갈 때 늘 폭풍권호로 위장하기 위한 준비를 하고 다녔다.

형운이 이해할 수 없다는 듯 물었다.

"그런데 왜 사람들이 저에 대해서 이야기할 때 폭풍권호와의 관계성을 의심하는 목소리가 별로 없는 걸까요?"

9

귀혁이 폭풍권호라는 사실은 아는 사람들만 아는 비밀이다.

젊은 시절부터 귀혁은 자신의 신념에 따라서 행동했다. 폭풍권호로 활동할 때는 관과 척을 지는 일도 서슴지 않았다.

형운이 그가 폭풍권호임을 처음 알았을 당시에 언급했던

일화만 해도 그렇다. 탐관오리의 횡포로 순결을 빼앗길 뻔했던 소녀를 지키기 위해 사흘 밤낮 동안 천 명의 관병과 싸운 일은 민중의 가슴을 뜨겁게 만드는 전설이다.

하지만 그것이 권력자들에게 좋게 보일 리가 없지 않은가?

황실이 귀혁의 정체를 알고도 묵인하는 것은 이면에서 거래가 있었기 때문이다. 귀혁은 황실을 위해서도 많은 일을 했다.

그리고 별의 수호자 정보부에서는 폭풍권호의 행적을 모호하게 만들기 위해서 많은 노력을 기울였다. 아는 사람은 알아도 민중에게는 폭풍권호가 정체가 밝혀지지 않은 신비의 고수로 알려지도록.

"하지만 그래도 광풍혼에 대해서는 알려질 수밖에 없었을 텐데, 왜 저에 대해서 많이 알려져도 폭풍권호 이야기가 별로 안 나오는지는 좀 이상하더라고요. 정보부에서도 저에 대해서는 감추기를 포기하고 대대적으로 선전하는 쪽으로 방침을 바꾼 판이고……."

신분을 위장한 귀혁이 폭풍권호라는 별호로 불리게 된 이유가 바로 광풍혼이었다. 이토록 눈에 보이는 특성이 뚜렷한 무공인데 어째서 형운과 폭풍권호의 관계를 의심하는 이가 없을까?

귀혁이 헛웃음을 지었다.

"그걸 이제야 궁금해하는 게냐?"

"죽 궁금하긴 했어요. 사람들 보는 앞에서 광풍혼 쓰면서 이래도 되는 건가 싶을 때가 있기는 했는데, 그때는 언제나 선택의 여지가 없었죠."

"넌 너 자신에 대한 소문을 좀 더 적극적으로 접할 필요가 있다. 물론 너와 폭풍권호를 연관 짓는 사람들은 있지. 그리고 나와 정보부는 거기에 대해서 적극적인 반박거리를 던져 주는 중이란다."

"어떤 반박거리죠?"

"폭풍권호에 대한 풍문을 이야기해 보거라."

"언제나 가면과 삿갓으로 얼굴을 감추며 오로지 두 주먹으로 폭풍을 일으키는 무공만이 그를 증명한다……."

"그렇지. 그 말 어디에도 폭풍권호의 무공을 광풍혼으로 특정 지을 만한 근거는 없다."

광풍혼의 특성은 푸른빛의 기류를 일으킨다는 점이다. 별의 수호자 정보부는 폭풍권호에 대한 이야기에서 그 부분을 지워 버렸다.

"그리고 너를 제자로 받은 시점부터는 나도 앞날을 생각하지 않을 수 없었다. 폭풍권호로 활동하면서 쌓은 은원이 적지 않으니까. 네가 폭풍권호의 후계자로 알려진다면 그 업 또한 물려받게 될 것이고, 그리고 폭풍권호와 별의 수호자의 관계

도 문제가 될 게 뻔하지 않느냐?'

그래서 귀혁은 그때부터 정보부와 합작으로 적극적인 반박거리를 준비했다. 그것은 바로 폭풍권호로 활동하기 위해 만들어낸 새로운 무공이었다.

"사람들 앞에서 활동할 때마다 그 무공을 써왔지. 일부러 목격자를 늘렸고, 거기에 정보부의 수작이 더해져서 광풍혼과는 다른 특성을 각인시키는 데 성공했다."

"그랬군요……."

형운이 혀를 내둘렀다. 자신은 어디까지나 정보부의 영역이라고 여겨서 깊게 생각해 보지 않은 문제였다. 귀혁이 자신을 제자로 받은 순간부터 먼 훗날을 내다보고 그런 작업을 해왔다는 사실이 놀랍기만 했다.

귀혁이 말했다.

"말이 나온 김에 한번 경험해 보겠느냐?'

"좋죠."

형운이 그의 앞에 자세를 잡고 섰다.

후우우우우……!

귀혁을 감싸고 광풍이 일었다. 그 자신만이 아니라 순식간에 영역을 확장해 가면서 형운까지 감싸는 영역을 만들어낸다.

쉭쉭!

귀혁이 가볍게 주먹을 뻗자 작은 회오리바람이 일어나 형운의 얼굴을 덮쳤다. 형운이 광풍혼으로 그것을 비껴내자 그가 평소에 쓰는 환허무공보와는 확연히 다른, 마치 바람을 타고 흔들리는 듯한 보법으로 뛰어들면서 주먹을 날렸다.

'와, 이거 주변의 기류를 지배하면서 그 기류를 타고 몸과 손발의 움직임까지도 변화무쌍하게 펼치는 무공이구나.'

그것을 받아내면서 형운이 혀를 내둘렀다. 귀혁은 정말 완전히 다른 사람이 된 것처럼 광포하면서도 변화무쌍한 움직임을 보여주고 있었다.

스무 합 정도를 나눈 두 사람이 서로 반대편으로 물러나서 기운을 거두었다. 형운이 감탄했다.

"진짜 완전히 다른 사람을 상대하는 것 같네요. 체내의 진기 흐름도 근본적으로는 광풍혼과 거의 비슷한데 펼치는 기술에 따라서 3할에서 5할 정도가 바뀌는군요."

"고작 스무 합으로 거기까지 꿰뚫어 보는 네 눈이 참 무섭구나."

"제가 광풍혼을 익히고 있지 않았다면 상대하기 까다로웠겠어요. 기류를 지배하고 기압을 조절함으로써 상대의 호흡을 방해할 수 있으니……."

"좀 더 나아가면 진공파나 소리를 무기로 쓰기도 한다. 광풍혼은 어디까지나 기공이 우선이고 기류를 일으키고 제어하는 것은 거기에 따라오는 부가 효과지. 하지만 이 폭성공(暴

聲功)은 대기의 움직임을 자신의 뜻대로 지배하는 것이 핵심이다."

"저한테는 어려운 무공이군요."

"기운을 자유자재로 변환하는 감각이 골자이니 아무래도 그럴 것이다."

폭성공은 백야문의 빙백설야공처럼 특정한 자연현상을 지배하는 것을 목적으로 하는 무공이다. 그런 만큼 환경의 영향을 많이 받아서 사용자에게 곡예와도 같은 감각을 요구했다.

"아무리 이 무공의 요구 사항을 전부 채워줄 수 있다고 해도 부담이 크고 안정성이 떨어지는 것만은 틀림없지. 가르칠 만한 제자를 찾기도 힘들고."

"그렇군요. 하지만 그대로 사장되기에는 굉장히 아까운 무공인데요?"

"나도 그렇게는 생각한다. 꾸준히 결점을 보완해서 완성도를 높여온 무공이라 애착도 있고. 추후에 영성 자리에서 은퇴하게 되면 별의 수호자 밖에서 제자를 하나 키워볼까도 생각 중이란다."

"꼭 그러실 필요가 있을까요?"

"아무래도 폭풍권호의 이름으로 많은 은원을 맺었다 보니 조직 안에서 후계자를 찾는 것은 위험 부담이 크다. 별의 수호자의 일원으로서의 나는 너와 하령이, 그리고 네 사제들이 계승했으니 폭풍권호로서의 나를 계승하는 것은 그 이름을 짊어질 각오가 된 누군가를 찾을 수 있느냐의 문제가 되겠지. 말년을 즐겁게 보낼 수 있는 목표가 될 것이라 생각한다."

귀혁이 빙긋 웃었다.

10

그리고 마침내 척마대가 첫 임무에 나서는 날이 왔다.

첫 임무는 마인 척살이었다. 향후에는 마인만이 아니라 맹수, 요괴, 산적 등 민생을 위협하는 모든 존재를 상대하게 되겠지만 첫 임무는 반드시 마인 척살이 되어야 했다. 이 임무를 통해 척마대의 존재가 세상에 알려질 것이기 때문이다.

마인들은 대부분 이름이 없다.

왜냐하면 그들은 인간 사회에 속할 수 없는 괴물이기 때문이다. 무공을 연마하기 위해서 사람을 양분으로 삼아야 하는 존재들의 이름이 드러나면 어떻게 되는가? 당연히 쫓기게 된다.

그러니 그들은 철저하게 마인임을 숨기려고 노력한다. 존재가 알려지고, 이름이 붙었다는 것은 위험에 노출되었다는 의미였다. 그리고 그런 상황에서 오랜 시간을 버텨내는 마인은 극소수에 불과하다.

치안이 좋은 곳에서, 혹은 명문이라 불리는 문파가 있는 곳에서 활동한 마인들은 금방 정리된다. 그렇기에 오래 버티는 자들은 대부분 치안이 나쁜 곳들을 꾸준히 이동해 가면서 활동한다.

척마대가 첫 임무를 위해 향한 곳도 진해성의 변두리 시골이었다. 관군이 주둔해 있지 않은 데다 무인들도 고만고만한 지역에 나타난 마인은 무시무시한 재앙이었다.

11

"찾았습니다. 동쪽으로 100장(약 300미터) 정도 거리입니다."

체구는 작지만 당찬 인상의 소녀가 방위가 표시된 원형의 나무 판을 잡고 말했다. 그 위에서 피 묻은 금속조각 하나가 부들부들 떨리면서 흔들리고 있었다.

척마대의 기환술사 조희였다. 형운은 첫 임무에 마곡정과 가려, 강연진을 포함해서 일곱 명의 인원을 대동했는데 그중 기환술사는 그녀 혼자뿐이었다.

형운이 물었다.

"이동하고 있어?"

"아뇨. 지금은 멈춰 있습니다."

"의외로군. 이틀 동안 나타나지 않았다고 해서 멀리 도망 갔을 줄 알았는데……."

척마대의 첫 번째 표적은 마웅괴(魔熊怪)라 이름 붙인 마인이었다. 곰과 닮은 괴물 같은 모습을 지녔다고 해서 그런 이름이 붙었다.

모습을 드러낸 것은 8일 전이다. 마을에서 좀 떨어진 산중에 사는 나무꾼 청년으로 위장하고 있다가 폭주해서 본색을 드러냈다고 한다.

천운으로 그 자리에 있던 이들 중에 한 명이 살아남아서 도망쳤다. 마을에서는 무인들을 모아서 사냥에 나섰지만 결과는 참혹했다.

공포에 질린 사람들은 닷새 거리에 있는 소도시의 관군에 지원을 구하는 한편, 인근 마을들의 무인들에게도 도움을 요청했다. 이 과정에서 별의 수호자에서 정보를 입수하고 척마대에 알린 것이다.

형운 일행이 말을 갈아타 가면서 서둘러 와보니 상황은 더 끔찍해져 있었다.

인근 마을에서 모여든 무인들이 사냥에 나서기 전에 마웅괴가 마을을 급습해서 그들을 각개격파했다. 그리고 그저께까지 날마다 한 번씩 마을로 내려와서 여자와 아이들을 잡아갔다고 한다.

사람들은 무서워서 집 안에 틀어박혔다. 스무 명의 관병들이 파견 나와 있었지만 그들 역시 마을을 떠날 엄두를 내지 못했다. 산속으로 마웅괴를 추적해 들어간 사이 마을이 습격받고, 관병 둘이 참살당하는 일이 일어났기 때문이다.

더 많은 인원이 필요하다고 판단해서 지원을 요청했지만 적어도 사흘은 걸릴 것이라 예상되었다. 형운이 이 시기에 도착한 것이 천만다행이었다.

조희가 탐지 술법을 펼치는 데 쓰고 있는 것은 마웅괴의 피가 묻은 검의 칼날 조각이었다. 마웅괴가 마을을 덮쳤을 때 무인 중 하나가 썼던 검이다. 결국 그 무인은 마웅괴에게 살해당했지만 이 검이 없었다면 마웅괴를 추적하는 데 애를 먹었을 것이다. 술법으로 누군가를 추적할 때 신체 일부나 혈액만큼 도움이 되는 것은 없었으니까.

마곡정이 말했다.

"이놈 완전히 자신만만해져 있겠네. 아무래도 다른 지역에서 활동하다가 온 놈이겠지?"

"그렇겠지."

지금까지의 정황으로 보건대 마웅괴의 무력은 상당했다. 그가 이 마을에 온 것이 2년 전이라는데 그만큼 단기간에 이 정도로 힘을 키웠다고 보기는 어려웠다.

물론 마공은 빠른 시간에 큰 힘을 얻을 수 있는 수단이다.

그러나 그러기 위해서는 타인의 생명을 희생시켜야 한다는 전제 조건이 있었다.

마웅괴가 마을에 온 후로 실종자는 사냥꾼을 생업으로 하는 노인 한 명뿐이었다. 그 외에도 여행자들을 덮쳤을 가능성이 높지만 그렇다고 해도 저 정도로 무력이 높아질 정도는 아니다.

즉 마웅괴는 다른 지역에서 사람들을 죽여가며 힘을 기르다가 위험에 노출되어서 이곳으로 이주해 온 존재일 것이다. 되도록 사람들을 멀리하면서 마기를 감추다가 마공을 연마하는 과정에서 찾아온 정신적 허기 때문에 흉성이 폭발했으리라.

"이런……."

조심스럽게 산길을 따라가던 형운이 숨을 삼켰다.

산비탈에 커다란 곰의 시체가 떨어져 있었다. 보통 곰보다 한 배 반은 큰 흑갈색 곰이었는데, 머리와 몸통이 종잇장처럼 뜯겨 나간 몰골이 실로 참혹했다. 모여서 그 시체를 뜯어 먹고 있던 짐승들이 형운 일행이 뿜어내는 기파에 놀라서 사방으로 흩어졌다.

"영수다."

형운이 시체를 살펴보며 말하자 강연진이 물었다.

"마웅괴가 영수를 이렇게 만들 정도로 강하다는 겁니까?"

"그런 것 같군."

모든 영수가 전투 능력이 뛰어나지는 않다. 토끼나 다람쥐 같은 작고 약한 초식동물이 영수가 된다 한들 갑자기 맹수를 씹어 먹을 정도로 강한 힘과 전투적인 성격을 지니게 되겠는가?

하지만 곰 같은 맹수가 영수가 된다면 그 무력은 의심의 여지 없이 강하다. 굳이 긴 세월을 살아오면서 능력을 연마한 영수가 아니더라도 그렇다. 이 곰은 아마도 이 부근의 우두머리 격 존재였으리라.

형운이 지시했다.

"마웅괴하고는 절대로 단독으로 맞서지 말도록 해. 그리고 반드시 두 명은 조희와 붙어 있는다."

"영수의 시신은 어떻게 하죠?"

"놔둬. 인간의 법도대로 장례를 치르는 것은 인간과 교류하며 인간처럼 보이길 바라는 영수뿐이야."

강연진의 질문에 대답한 형운이 문득 고개를 들어서 먼 곳을 바라보았다.

마곡정이 물었다.

"왜 그래?"

"…아니, 아무것도 아냐. 새였군."

방금 전 형운은 자신을 보는 시선을 느꼈다. 단순한 짐승의

시선이 아니라 명확한 관심을 갖고 자신을 관찰하는 듯한 시
선을.

하지만 시선을 따라가 보니 검은 맹금류가 원을 그리며 하
늘을 날고 있었다. 혹시 술법으로 자신을 보고 있는 게 아닌
가 싶어서 주의 깊게 살펴보았지만 아닌 것 같았다.

'인간의 시선은 아냐.'

만약 술법을 이용해서 짐승을 통해 자신을 관찰하고 있다
면 형운은 그 사실을 알 수 있다. 하지만 저 맹금류는 자신을
관찰하고 있기는 해도 그 시선 뒤에 인간의 의념이 자리하지
않았다.

'그래도 혹시 모르니까 만약을 대비할 필요는 있겠군.'

꺼림칙한 느낌을 그냥 무시하고 넘어가기에는 이제까지
당한 일들이 너무 많았다.

형운은 그렇게 마음먹고 다시 일행과 함께 이동하기 시작
했다.

12

마웅괴는 눈을 떴다.

마공이 일정한 경지에 이르면서 흉성이 폭발한 그는 야생
동물 뺨칠 정도로 감각이 예민해져 있었다. 먼 곳에서 들려오

는 발걸음 소리와 보통 인간은 인지할 수 없을 정도로 희미한 냄새만으로도 무언가 다가오고 있다는 사실을 알아차리고 잠에서 깨어났다.

'나를 쫓아온 무인인가?'

그는 조용히 몸을 일으켰다. 보통 나무꾼인 것처럼 위장하고 있을 때도 6척 장신에 기골이 장대했던 그는 지금은 7척에 이르는 비정상적인 거구가 되어 있었다. 얼굴이 흉하게 일그러지고 손이 괴물처럼 변형되어서 이미 인간처럼 보이지도 않았다.

하지만 마웅괴는 신경 쓰지 않았다. 흉성이 폭발하면서 그런 것을 신경 쓰는 인간적인 부분이 어디론가 날아가 버린 것 같았다.

'일주일이 넘었으니 슬슬 몸을 사릴 때가 되긴 했지. 저놈들만 해치우고 떠난다.'

하지만 모습과 정신이 변했을지언정 사고 능력은 건재했다. 그는 오래전부터 마공을 연마해 왔는데, 얼마 전까지 들키지 않고 버틴 것은 주의심이 깊었기 때문이다.

원래는 마을 사람들을 전부 몰살시킬 생각이었다. 하지만 시간이 흐르면서 흉성이 좀 잦아들어서 냉정한 판단을 할 수 있게 되었다.

관군을 부르러 가는 것을 막지 못했다. 게다가 곰 영수와 한바탕하는 바람에 대비할 시간을 주고 말았다.

이런 상황에서 더 이상 저 마을을 사냥터로 삼는 것은 위험이 너무 컸다.

'아직 위험한 것들이 오려면 좀 더 시간이 걸리겠지만 그래도 조심하는 편이 낫지.'

인근에는 딱히 마웅괴가 두려워할 정도로 명성 높은 무인은 없었다. 그리고 적의 수가 많다고 해도 마을에서 싸운다면 모를까, 산속에서는 이미 맹수 같은 감각을 얻은 마웅괴에게 당할 자가 그리 많지 않으리라.

'생각보다 몸 상태가 좋은데? 영수의 고기는 꽤 영양가가 높군. 시체를 통째로 챙겨뒀다 남김없이 먹을 것을 그랬나?'

곰 영수와의 싸움에서 꽤 많은 부상을 입었는데 벌써 거의 완치되었다. 가장 먼저 내단을 취하고, 그다음으로 피와 살까지 취한 효과였다. 일반 무인들이라면 내단 말고는 내공 상승 효과가 없을 것이다. 그러나 이미 인간이기를 포기한 그는 마치 요괴처럼 상대의 피와 살을 먹은 효과를 누리고 있었다.

마웅괴는 기척을 죽이고 슬금슬금 움직이기 시작했다. 마치 사냥감을 노리는 맹수처럼, 마기를 포함한 기척을 아주 잘 죽이고 있었다.

'저놈들이군.'

곧 마웅괴는 사냥감들을 찾았다.

총 일곱 명의 일행이었다. 복장이 통일된 것으로 보아 모두 같은 조직 소속임을 알 수 있었다. 검푸른 바탕에 척마(刺魔)라는 두 글자를 은실로 수놓은 옷.

'이 근처에 저런 옷을 입고 다니는 놈들이 있던가?'

마웅괴가 머리를 굴려보았지만 떠오르는 게 없었다.

만약 예상보다 빨리 강력한 조직에서 인원을 파견했다면 골치 아프다. 이름난 명문과 그렇지 않은 문파의 무력은 하늘과 땅 차이이니까.

'잡아야 하나, 말아야 하나?'

마웅괴는 잠시 고민하다가 결국 잡는 쪽으로 결론을 내렸다. 그냥 지나치기에는 너무나도 매력적인 요소가 하나 있었다.

바로 구성원들의 연령이었다. 일곱 명 전원이 많아봐야 20대 중후반이었고 심지어 10대로밖에 안 보이는 인원도 셋이나 있었다.

설령 명문이라고 해도 이 정도로 애송이들만 모여 있으면 충분히 해볼 만했다. 게다가 아무리 봐도 별로 대단한 기파가 느껴지는 녀석이 없었다.

결정을 내린 마웅괴는 숨죽이고 그들이 다가오길 기다렸다. 그리고 거리가 좁혀지는 순간, 앞쪽으로 돌멩이 하나를 던졌다.

'걸렸다.'

여덟 명의 주의가 한곳으로 쏠리는 찰나, 마웅괴가 그들의 측면을 덮쳤다. 완전히 허를 찌르는 기습이었다.

적어도 그는 그렇게 생각했다.

퍅!

"왜 마웅괴라는 이름이 붙었는지 알겠군."

그가 뛰어드는 것보다 빠르게 앞을 가로막고 공격을 막아낸 인물이 있었다. 균형 잡힌 장신의 청년, 형운이었다.

"으음?"

마웅괴가 경악하며 한 걸음 물러났다.

모습을 드러낸 그의 위압감은 굉장했다. 억눌러 놓고 있던 마기가 주변을 압박해서 평범한 사람이라면 실신해도 이상하지 않을 정도였다.

하지만 그 앞에서 마치 밀봉되었던 술병의 마개를 땄을 때 주향이 흘러나오듯 강렬한 기파가 쏟아져 나왔다.

그것은 기환술사인 조희가 펼쳐둔 술법이었다. 마웅괴를 유인하기 위해서 일행의 기파를 약한 척 위장했던 것이다. 이것은 개개인이 기파를 조절하거나 감추는 것과는 전혀 다른 효과를 발휘했다.

'이놈들은 대체 뭐야?'

내공이 6심에 달하는 그의 마기에도 지지 않는 기파였다.

마웅괴는 괴물의 손에 들고 있던 병기, 육중한 도끼를 휘둘렀다.

꽈아아앙!

척마대가 일제히 흩어져서 그 공격을 피했다. 상황이 시급했기에 형운이 조희를 안고 몸을 날렸다.

강연진이 혀를 내둘렀다.

'엄청난 위력이다!'

일격으로 땅이 갈라지고 그 너머에 있던 나무들이 부러져서 쓰러졌다. 마공으로 쌓은 내공과 변형된 몸이 발휘하는 괴력이 더해진 결과일 것이다.

푹!

그리고 마웅괴가 의기양양하게 일행을 돌아보려는 순간, 그의 목덜미를 뚫고 칼날 하나가 솟구쳤다.

"커억……!"

마웅괴가 믿을 수 없다는 듯 눈을 부릅떴다.

가려가 그의 뒤쪽에서 칼을 찔러 넣고 있었다.

13

강연진이 감탄했다.

'정말 작전대로 됐어. 저런 놈을 이렇게 쉽게 처치하다

니…….'

가려는 일행과 따로 떨어져서 기척을 죽인 채로 기회를 노
리고 있었다. 맹수처럼 예민한 감각을 지닌 마웅괴조차도 탁
월한 은신술을 지닌 그녀를 포착하지 못하고 방심하고 말았
다.

"크, 르르륵……!"

그대로 검을 뽑으려던 가려가 움찔했다.

검이 빠지지 않는다.

"누나, 빠져요! 아직 건재해요!"

형운이 조희를 내려놓으며 외쳤다.

하지만 그녀 곁에 아무도 없는 상황이었기에 곧바로 달려
들 수가 없었다. 그 잠시간의 주춤거림 때문에 마웅괴가 반격
했다.

투웅!

가려가 허공으로 튕겨 나갔다. 마웅괴는 등 뒤에 붙어서 팔
도 닿지 않는 상황인데 진기를 실어서 등 근육을 튕기는 것으
로 공격했던 것이다.

'위험했다.'

가려가 식은땀을 흘렸다. 아무리 마인이라지만 목을 관통
당했는데도 죽지 않을 줄이야, 완전히 인간을 벗어난 괴물이
되었다는 소리인가?

게다가 방금 전의 한 수는 굉장히 고등한 기술이었다. 보통 사람이었다면 그것만으로도 뼈가 박살 났을 것이다.

"크르륵……!"

마웅괴가 목을 뚫고 나온 검날을 잡고 밀어서 빼냈다. 완전히 관통당한 상처인데도 피가 나오지 않는 것을 본 대원들은 기가 질렸다.

"아, 진짜. 너희들 똑바로 못 해?"

그때 마곡정이 짜증을 내면서 앞으로 나섰다. 허리에는 검을, 등에는 애용하는 도를 차고 있던 그가 도를 뽑았다. 도가 살아 있는 것처럼 저절로 뽑혀 나와서 그의 손에 쥐어지는 것을 본 마웅괴가 눈을 크게 떴다.

'허공섭물? 이런 애송이가?'

믿을 수가 없었다. 기공을 다루는 기술이 이미 달인의 경지라는 소리 아닌가?

마곡정은 시큰둥하게 말했다.

"거참. 첫 투입이라고는 해도 실전 경험 없는 사람들만 모은 것도 아닌데 이거 안 되겠네. 형운… 아니, 대주. 일단 내가 처리해도 되겠지? 지금까지만 봐도 야단칠 거리는 산더미인데 굳이 이놈 상대로 위험한 연습을 할 필요는 없잖아?"

그 말에 형운이 쓴웃음을 지었다.

"그래, 처리해."

"크르, 르르르륵……!"

마웅괴의 눈이 흉흉한 빛을 띠었다. 목이 꿰뚫리지 않았다면 쌍욕을 쏟아냈을 것이다.

확실히 마곡정이 보여준 허공섭물에는 놀랐다. 갓 스무 살이나 되었을까 싶은 새파란 애송이가 자신을 쉽게 처리할 수 있는 잔챙이처럼 말하다니 머리끝까지 화가 치밀었다.

"일단 이 시점에서 너희가 저지른 가장 큰 잘못은……."

마곡정이 거들먹거리며 입을 여는 순간, 마웅괴가 도끼를 내려쳤다. 마곡정은 물론이고 그가 발 딛고 선 대지까지 두 조각으로 갈라 버릴 흉흉한 일격이었다.

투앙!

하지만 그 일격은 제대로 휘둘러지지도 못했다. 잔뜩 힘을 줘서 휘두르는 순간, 궤도의 절반을 그리기도 전에 마곡정이 도격으로 측면을 때렸기 때문이다. 비껴냈다고 하기에는 꽤나 격렬한 소리가 울려 퍼지면서 마웅괴의 자세가 무너졌다.

퍼억!

그리고 마곡정이 그대로 몸을 띄우며 날린 발차기가 마웅괴의 가슴팍을 걷어찼다. 7척 거구의 마웅괴가 주춤주춤 뒤로 물러났다.

마곡정은 눈썹 하나 까딱하지 않고 말을 이었다.

"가 단장이 공격한 것을 멍때리고 보고 있기만 했던 점이

다. 마인의 생명력은 보통 사람을 가늠하는 잣대로 재서는 안 된다고 했을 텐데?'

"크으……!"

"나머지는 이놈 끝내고 나서 반성회 하자."

순간 마웅괴가 뛰어들면서 도끼를 휘둘렀다. 이번에는 자세를 작게 잡고 휘둘러서 마곡정이 그 도중을 파고들 틈을 주지 않았다.

투콰카카캉!

마곡정의 도와 마웅괴의 도끼가 연달아 부딪쳤다.

처음에는 팽팽해 보였다. 하지만 금세 저울추가 기울기 시작했다.

형운이 판단했다.

'격투는 제대로 배웠어. 언뜻 거칠고 앞뒤 안 가리는 것 같아 보이지만 기술 자체도 제법이다. 하지만 기공 수준은 현격히 차이가 나는군.'

마웅괴의 신체 능력은 놀라웠다. 거구에서 나오는 괴력은 마곡정을 능가하는 데다 민첩함도 크게 떨어지지 않는다. 아마 인간의 굴레를 벗어나서 괴물로 변해서일 것이다.

하지만 기공을 다루는 실력은 하늘과 땅 차이였다.

마곡정은 이미 허공섭물과 의기상인을 능수능란하게 쓰는 경지에 도달해 있다. 그에 비해 마웅괴는 둘 중 어느 쪽도 다루지 못해서 마곡정에게 농락당했다.

"흥! 고작 이거 믿고 까불었냐, 이 자식아!"

마곡정이 사납게 웃었다. 그리고 어느 순간, 마웅괴의 동작이 엇박자로 꼬이면서 자세가 흐트러졌다.

파악!

그걸로 끝이었다. 마곡정의 도에서 날카롭게 뻗어 나간 도기가 그의 목을 몸통에서 분리시켰다.

쾅!

마곡정은 그것으로 끝내지 않았다. 휘청거리는 그의 가슴팍에다 일장을 날려서 심장을 터뜨려 버렸다.

모르는 사람이 보면 목을 잃은 시체에다 대고 무슨 짓이냐고 할 수도 있겠지만, 만약을 대비한 처사였다. 괴물로 변해 버린 놈이니 무슨 일이 벌어질지 어떻게 알겠는가?

쿠웅!

마웅괴의 거구가 쓰러졌다. 마곡정은 곧바로 몸을 돌리지 않았다. 쓰러진 시신을 잠시 살펴보다가 확신을 얻은 후에야 움직였다.

"끝이군. 가 단장, 여기 검 받아요."

"감사합니다, 마 부대주님."

가려는 마곡정이 허공섭물로 던져준 검을 받아 들고는 고개를 숙였다.

그것을 본 형운이 혀를 내둘렀다.

'하여튼 여자한테는 배려심이 넘치는 놈이라니까.'

곧 그가 난처한 표정을 지었다.

"그나저나 이거 시체 들고 가려면 애먹겠는데?"

"뭘 걱정해? 일 제대로 못 한 애들한테 시키면 되지."

마곡정이 뚱하게 말하며 대원들을 바라보았다. 다들 침을 꿀꺽 삼켰다. 척 봐도 무게가 엄청나 보이는 마웅괴의 시신을 들고 산길을 갈 생각을 하니 암담한 기분이 들었다.

마곡정이 강연진을 가리키며 말했다.

"이번에 너희가 잘못한 것들 말해봐."

"어, 저 말씀입니까?"

"그래."

"말씀하신 대로 가 무사가 기습을 성공시켰을 때 구경만 하고 있었던 게 잘못이었습니다."

"그리고?"

"그다음에는, 그러니까……."

강연진이 답을 떠올리지 못해서 난처한 표정을 지었다. 마곡정이 한심해하는 표정으로 그를 바라보다 한숨을 푹 쉬었다.

"야, 이거 어쩌냐?"

"어쩌긴. 가르쳐 줘야지."

"넌 너무 너그러워. 나중에 얘들끼리 임무 나갔다가 이 꼴 나면 어쩌게? 누구 하나 죽고 나면 변명도 못 한다."

"그건 그런데… 아니, 됐다. 이번에는 네가 맞아."

형운이 물러났다. 이번에는 확실히 대원들의 대처가 심하게 미숙해서 감싸줄 구석이 없었다.

마곡정이 말했다.

"일단 대주랑 나랑 가 무사 빼고 여기서 잘한 사람은 한 명밖에 없어. 조희."

"네."

"넌 잘못한 거 없어. 맡은 일 다 잘했다."

"감사합니다."

조희가 살짝 얼굴을 붉혔다. 척마대에 들어와서 첫 임무 수행원으로 선택받는 바람에 많이 긴장하고 있었는데 마곡정의 칭찬을 받자 표정이 풀어졌다.

마곡정이 말을 이었다.

"저놈이 습격했을 때, 다들 피할 수 있었지만 조희는 피할 수 없었지. 근데 가까이 있던 사람들이 다 자기 몸 빼기에 바빠서 조희를 방치했다. 결국 가장 멀리 있던 대주가 달려갔고."

그 말에 다들 표정이 굳었다.

조희가 무공을 제대로 익혔다지만 다른 대원들과는 비교

할 수 없는 수준이다. 그런데도 다들 마웅괴가 도끼를 내려칠 때 기겁해서 그녀를 신경 쓰지 못했다. 공격에 직격당할 위치는 아니었지만 그래도 형운이 안고 뛰지 않았다면 큰 부상을 입었으리라.

"이 일 하면서 기환술사의 역할이 얼마나 중요한지 알지? 필요하다면 몸을 던져서라도 그녀가 다치는 것을 막아주는 게 당신들 역할이야. 근데 다들 자기 몸 지키기에 급급해서 아무도 그걸 신경 안 써?"

"......."

"그다음도 문제지. 대주가 뭐랬어? 무조건 두 명은 조희한테 붙어 있으랬지? 근데 공격 피하고 가 무사가 공격하는 동안 멍하니 거기서 구경만 하고 있어? 당신들이 명령대로 행동했으면 최소한 대주는 곧바로 움직일 수 있었어."

물론 마음만 먹었다면 형운은 원거리에서도 대응할 수 있었다. 하지만 상황에 여유가 있었기에 일부러 대원들의 반응을 보고자 관망했을 뿐이다.

마곡정이 계속 말했다.

"생각이 안 따라줄 때는 미리 내려친 지침대로 움직여야지. 그걸 위해서 행동 지침을 정해두는 거고, 지시도 내리는 건데. 그거 하나도 안 따를 거면 대체 여기 왜 있냐?"

"......."

"강연진은 실전에 나서는 것 자체가 처음이라 그렇다 쳐. 하지만 당신들 둘은 그렇지도 않지. 할 말 있으면 해봐."

대원들이 다들 고개를 푹 숙였다. 입이 열 개라도 할 말이 없었다.

'곡정이를 데려오길 잘했군.'

형운이 속으로 고개를 끄덕였다. 아무래도 자신은 아랫사람이라고 해도 저렇게 강하게 야단치기가 힘들었다. 마곡정이 아주 자기 역할을 잘해줘서 다행이었다.

'하지만 역시 갈 길이 멀군.'

임무를 한번 수행해 보고 나니까 문제점이 산더미처럼 보였다. 형운이나 마곡정, 가려처럼 개인의 무력이 특출하지 않더라도 임무를 수행할 수 있도록 조직의 완성도를 높여야 했다.

'당분간은 내가 같이 움직일 수 있으니 다행이야. 하지만 그것도 길어봐야 반년 정도일 테니, 그 안에 내실을 확실하게 다져야겠지.'

마곡정이 한바탕 훈계를 끝내고 나자 형운이 박수를 쳐서 분위기를 환기시켰다.

"자, 그럼 이제 돌아가자. 세 명은 마웅괴의 시신을 들어. 사람들을 안심시켜 줘야지."

그렇게 척마대의 첫 임무는 성공적으로 끝났다.

14

푸드드득……!

마웅괴가 쓰러진 곳에서 한참 떨어져 있는 산봉우리, 새하얀 운무가 주변을 두르고 있는 곳에 새카만 매가 날갯짓을 하며 내려섰다. 그리고 그곳에서 불쑥 솟아난 팔 하나가 매가 앉을 자리를 마련해 주었다.

"어디, 한번 볼까?"

말투는 느긋하지만 음성은 듣는 것만으로도 소름이 끼치는 기괴한 울림이 섞여 있었다.

팔의 주인이 고개를 내밀었다. 얼굴에 온통 새카만 붕대를 칭칭 감았고, 그 사이로 붉은 눈동자가 빛을 발하는 괴인이었다.

괴인이 매와 시선을 마주했다. 그러자 매의 눈이 묘한 빛을 발하면서 그의 망막에 자신이 본 것을 영상으로 전달했다.

비록 높은 하늘에서 보았기에 관찰한 각도가 한정되어 있기는 했지만, 형운 일행이 마웅괴를 쓰러뜨리는 과정이 낱낱이 담긴 영상이었다.

섭혼술(攝魂術)로 매의 심령 일부를 제압하고 표적을 관찰하게 시킨다. 그리고 돌아온 매의 눈에 각인된 기억을 영상으로 재생한다.

무언가를 관찰하기 위한 술법으로서는 꽤나 번거롭고 비효율적인 방식이었다. 그러나 형운이 자신을 보는 시선을 알 수 있다는 사실을 아는 자라면 기꺼이 그런 번거로움을 감수할 것이다.

괴인은 그 정보를 알고 있었다. 정확히는 '술법으로 관찰하려고 하면 금세 알아차리는 것은 물론, 오히려 관찰자가 역으로 관찰당할 위험성이 있으니 주의해야 한다'고 들은 것이지만.

영상을 처음부터 끝까지 본 괴인이 중얼거렸다.

"이걸로는 놈의 실력은 알 수가 없군. 젊은 놈치고는 실력이 뛰어나다는 것은 알겠는데……."

형운이 마웅괴를 상대할 때 나서지 않은 것은 두 가지 이유에서였다. 하나는 척마대의 조직적 움직임을 시험하기 위해서, 또 하나는 자신조차 눈치챌 수 없는 방식으로 관찰당할 가능성을 우려해서.

하지만 괴인에게도 소득이 없었던 것은 아니었다.

"저놈은 설풍미랑이라고 했던가? 곱상한 놈이 정말 맹수처럼 사납게 싸우는군. 실력도 대단하고."

형운의 실력은 못 봤지만 대신 마곡정의 실력을 보았다. 매의 눈으로는 보이지 않는 기공의 응수까지 볼 수는 없지만,

그와 상대의 움직임을 보면 어느 정도 추측 가능하다.

"저놈과 동수 정도라면 쉬운 상대인데 그럴 리는 없고. 뭐, 이번만 기회는 아니지. 앞으로도 실력을 볼 기회는 얼마든지 있을 테니 느긋하게 해볼까."

괴인은 운무에 묻힌 채로 웃었다. 실로 기분 나쁜 웃음소리였다.

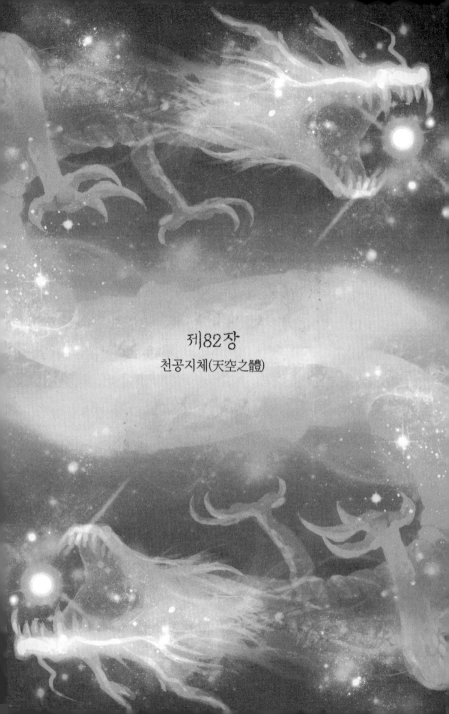

제82장
천공지체(天空之體)

성운을
먹는자

1

· 첫 임무를 성공리에 수행한 뒤, 척마대는 계속해서 임무를 성공시켜 나갔다.

형운은 꽤 빠른 속도로 두 번째, 세 번째 임무를 수행했다. 매번 다른 인원들을 대동했기에 세 번째 임무를 수행했을 때는 이미 40명 정도가 임무 경험자가 되어 있었다.

임무 수행 중에 좋은 모습을 보여준 자들을 중심으로 조직을 개편하고, 발견된 문제점을 수정해 나가면서 훈련을 진행하니 눈코 뜰 새 없이 바빴다. 그런 와중에 또 이 부서, 저 부서에서 그를 들들 볶아서 종종 이런 실험, 저런 검사에 응해

주다 보니 하루가 세 배쯤 길었으면 하는 마음이 간절했다.

그렇게 7월이 되었을 때, 눈길을 끄는 소식이 들려왔다.

"천명단(天明丹)?"

"사흘 후에 공식 발표될 거야."

형운의 물음에 서하령이 고개를 끄덕였다. 형운이 물었다.

"아, 이번 행사 주제가 그거였어?"

"맞아."

"축하해. 이 장로님께서 결국 해내셨구나."

형운이 미소 지었다.

천명단은 서하령의 외조부인 이정운 장로가 오랫동안 연구한 결과물이었다. 귀혁이 9심 내공을 이루는 계기가 되기도 했던 천공단(天空丹) 연구를 바탕으로 만든 이 비약은 별의 수호자가 인간의 손으로 이룬 위업 중 가장 높은 곳에 자리할 것이다.

이정운 장로는 일월성단 연구에서 혁신적인 업적을 거둔 인물이었다. 그는 거기에 천공단 연구로부터 얻은 성과를 더해서 천명단을 만들었다.

그것은 사상 최초로 성존의 도움 없이 인간의 힘만으로 만들어낸, 일월성단과 필적하는 비약이었다.

"청해궁에서 가져온 해룡단(海龍丹) 때문에 할아버지도 충격을 많이 받으셨지. 같이 진행하던 다른 연구들은 다 제쳐두고 천명단 개발에만 힘을 쏟으셨어."

"그랬구나."

"물론 현재로서는 연단실에서 실험으로 효과를 점검한 것에 그친다는 문제가 있지. 누군가 먹어서 효과를 증명해야 해."

"설마……."

"그래, 내가 할 거야."

서하령이 고개를 끄덕였다.

형운이 표정을 굳히고 물었다.

"위험하지 않아?"

"물론 위험은 따를 거야. 하지만 이론적으로는 일월성단보다는 훨씬 위험성이 낮아."

연구 결과 해룡단도 그렇다는 사실이 밝혀졌다. 담긴 기운의 크기는 비슷하지만 일월성단만큼 순수한 기운의 결정체는 아니기 때문이었다.

일월성단은 지나치게 순수하고, 근원적인 기운의 결정체다. 그래서 처음 제조한 상태에서 복용 가능한 상태로 안정화하기 위해서 많은 시간과 노력을 들여야 하는 것이다.

또한 해와 달과 별 세 개의 일월성단을 융화하기 힘든 것도 마찬가지 이유였다.

그 기운을 그대로 받아들이면 인간은 자신을 유지할 수 없다. 그렇기에 받아들이는 과정에서 자신의 기운과 동질로 열화시키게 되는데, 이 불순화 정도가 일정 수준을 넘어버리면 일월성단의 진정한 효과를 볼 수 없게 된다. 진기의 질적인 향상은 거의 없이 단순히 진기의 양만 늘어나는 데 그치는 것이다. 화성의 제자 아윤이 일월성신을 이루는 데 실패한 과정이 이와 같았다.

즉 해룡단은 진기의 질적 향상 측면에서는 일월성단보다 기대값이 훨씬 낮다. 대신 안전성이 높다는 점에서 가치를 인정할 수밖에 없는 비약이었다.

서하령이 말했다.

"하지만 천명단은 할아버지가 일평생을 연구한 결과물이야. 누군가 처음으로 그 효과를 입증해야 한다면 그건 나여야만 해."

"음……."

"오늘 부른 것은 네게 부탁할 게 있어서야."

"뭔데?"

"내가 천명단을 취할 때 네가 도와줬으면 좋겠어. 기공사 수십 명보다 네가 낫다고 생각해."

"그야……."

형운이 피식 웃었다.

"물론 가야지. 다른 일 다 제치고 참가하도록 할게."

"고마워."

서하령은 형운이 얼마나 바쁜지 잘 알고 있었다. 그리고 이번 일에 참가하는 것이 위험을 짊어지는 일이라는 것도.

하지만 굳이 그 점에 대해서 구구절절하게 이야기하지는 않았다. 형운이 그녀의 청을 흔쾌히 들어준 것처럼, 그녀도 형운이 도움을 원할 때 그렇게 할 것이다.

2

천명단 발표는 별의 수호자를 떠들썩하게 만들었다.

장로들은 이정운 장로의 업적을 칭송하면서도 복잡한 심경을 느꼈다. 그가 일월성단 연구에서 성과를 냈을 때 그랬듯이 이번에도 한발 뒤처졌다는 기분이 들었기 때문이었다.

물론 천명단을 곧바로 실전 투입할 수는 없다. 그 효과를 입증하기 위해서는 몇 번의 실험을 거쳐야 했다.

서하령이 첫 번째 피험자로 나서자 주변에서는 우려의 시선을 보냈다. 그 점은 이정운 장로도 마찬가지였지만 서하령은 이 문제에 있어서는 자신의 고집을 꺾지 않았다.

그리고 마침내 그녀가 천명단을 취하는 날이 왔다.

'음?'

귀혁과 함께 성도의 탑의 실험실로 향하던 형운은 문득 낯선 시선을 느꼈다.

'누구지?'

키가 형운보다도 손가락 하나 정도는 큰 장신이지만 마르고 부리부리한 눈매의 중년 사내였다. 인상 때문에 언뜻 노려보는 것 같았지만 형운은 그 시선에 담긴 감정이 호기심임을 느꼈다.

'저 사람 혹시……?'

형운이 한 사람을 떠올릴 때였다. 그가 먼저 다가오면서 귀혁에게 인사했다.

"오랜만에 뵙습니다, 영성."

"돌아와 있었군, 지성. 혹시 자네도 참가하는가?"

그는 신임 지성인 위지혁이었다. 그가 고개를 저었다.

"아닙니다. 이번에는 참관하는 입장으로 왔지요. 바로 어제 임무를 마치고 왔는지라."

"연단술사도 아닌 자네가 왜?"

"이번 일이 성공리에 끝난다면 다음 차례는 제가 될 거라고 하더군요. 그래서 한번 봐둬야겠다 싶었습니다."

"흠……."

귀혁이 눈살을 찌푸렸다.

분명 운 장로가 손을 썼을 것이다. 속내가 뻔하기는 하지만 아직 효능이 확증되지 않은 신약의 피험자로 나서겠다고 하는데 뭐라고 하기도 애매했다.

위지혁이 물었다.

"그쪽은 소문이 자자한 제자분입니까?"

"그렇다네."

"만나 뵈어 영광입니다. 형운이라고 합니다."

"그 유명한 선풍권룡을 만나게 되어 반갑군. 위지혁이라고 하네."

위지혁이 형운과 악수를 나누었다. 짧은 순간이었지만 형운은 자신의 몸 안으로 침투하는 기운을 느끼고 속으로 웃었다.

'이런이런. 너무 수작이 노골적이시네?'

곧바로 위지혁의 눈매에 당혹감이 스쳐 갔다. 자신이 형운의 기맥을 탐색해 보려고 은밀하게 침투시킨 기운이 흔적도 없이 녹아버렸기 때문이다.

하지만 그것은 아주 잠시뿐, 그는 아무렇지도 않게 악수를 마쳤다.

목적지가 같았으므로 자연스럽게 세 사람은 동행하게 되었다. 귀혁과 형운은 위지혁과 별로 영양가 없는 말을 주고받는 한편, 자기들끼리 전음으로 대화를 나누었다.

—어땠느냐?

―내공은 7심이군요. 예전에 큰 부상을 입었다더니, 왼팔과 오른쪽 옆구리부터 허벅지까지의 기맥 일부가 좀 불균형해요. 그래도 진기 흐름 자체는 흠잡을 데 없이 안정적인 걸로 봐서 많이 노력했겠네요.

―어째 갈수록 보는 능력이 뛰어나지는 것 같구나?

―그렇지는 않고요, 눈에 보이는 것의 의미를 아는 안목은 좀 늘어나는 것 같네요.

실제로 형운의 안목은 날로 향상되고 있었다. 일월성신의 눈으로 시각화해서 보는 기운의 의미를 판별하기 위해서 따로 연구를 해온 성과였다.

―근데 한 가지는 확실히 알겠어요. 저 사람, 심상경에 올랐군요.

―그런 것도 알 수 있느냐?

귀혁이 놀랐다. 심상경에 이른 자들끼리도 서로의 경지를 알아보기 어렵다. 조금만 능숙한 자라면 심상경에 도달하면서 발하게 되는 독특한 기파를 감출 수 있기 때문이었다.

―제가 심상경에 이르고, 심상경의 고수들을 많이 보다 보니 차이점을 알겠더라고요. 여기가 달라요.

형운이 손가락으로 머리를 긁는 척을 했다. 심상경에 달한 자들은 머리 부분의 진기가 다르게 보였다.

―항상 알 수 있는 것은 아니에요. 진기 흐름이 여러 겹 겹

쳐 있으면 알아보기가 어렵죠.

시각화해서 보는 것이니 다양한 진기가 한곳에 몰리거나 겹쳐 있으면 하나하나를 알아보기가 힘들어진다. 그래서 최근 형운은 보고자 하는 것만 집중해서 보는 훈련을 하고 있었다.

—네가 그런 걸 궁리해서 떠올리다니, 허허, 제법이구나.

—별로 창의적인 발상은 아니죠. 제 눈이 특별하다뿐이지 감각에 선택과 집중을 적용하는 거야 다들 하잖아요?

고수라면 먼 곳에 있는 것만 집중해서 볼 수 있다. 수많은 잡음 중에 자신이 원하는 소리만 골라 들을 수 있다. 이것은 기감을 얻고 나서 감각을 다루는 법을 훈련하는 과정에서 자연스럽게 얻는 기술들이다.

그렇게 이야기를 나누는 동안 그들은 목적지에 도달했다. 위지혁이 운 장로에게로 가자 귀혁과 형운은 서하령에게 다가갔다.

"생각보다 인원이 적네?"

"너랑 아저씨가 있으니까, 기공사가 아주 많을 필요는 없다고 생각했어. 일월성단에 비해서 부담이 적기도 하고."

실험에는 형운과 귀혁 말고 다섯 명의 기공사가 참가했다.

기공사들은 무인으로서 싸우기 위해서가 아니라 의술을 포함한 다양한 분야에서 써먹기 위해서 기공만을 연마한 자들이다. 전투적인 것과는 거리가 멀어도 이런 상황에서는 탁월한 능력을 발휘했다.

곧 실험이 시작되었다.

미리 여러 약들을 먹고 그것들이 효과를 발휘하길 기다렸던 서하령이 실험실 한가운데 섰다. 그리고 그 곁에 귀혁과 형운이 서고, 그 뒤에 기공사들이 둘러서서 등에 손을 얹었다.

서하령이 천명단을 복용하고 운기조식을 했다.

후우우우우……!

약효는 빠르게 돌았다. 천명단에 응축되었던 기운이 서하령의 체내에서 융해되면서 격렬한 반응을 일으켰다.

"음……!"

귀혁과 형운이 움찔했다.

하지만 그뿐이었다. 두 사람 입장에서는 별로 감당하기 어렵지 않은 정도의 압력만이 발생하고 있었다.

'역시 하령이는 굉장해.'

이 자리에서 오직 형운만이 서하령의 체내에서 일어나는 일을 생생하게 볼 수 있었다.

천명단의 기운은 확실히 일월성단과 필적하는 수준이었다. 일월성단만큼 극단적으로 순수하지는 않다고 해도 그 기운이 서하령이 지닌 개성 강한 기운과 닿았을 때 격렬한 반응이 일어나는 것은 당연한 일이다.

도우미들이 외부에서 진기를 불어넣어 주는 것은 그 반응을 누르는 데 힘을 보태주는 것이다. 반응이 크면 클수록 그릇이 되는 자의 몸이 위험해지니까.

6심에 달한 서하령의 내공으로도 천명단의 기운을 온전히 억누르기 어려웠다. 게다가 천명단의 효능은 아직 미지수로 남아 있는 부분도 많지 않은가?

그런데 서하령은 마치 조각배로 폭풍 속의 거친 파도를 타넘듯, 놀라운 진기 운행으로 기맥에서 일어나는 반응을 최소화하고 있었다.

왜 도우미의 수를 늘리지 않았는지 알 것 같다. 많은 기운으로 찍어 누르기보다는 자신이 통제할 수 있는 양의 기운만 받아서 확실하게 써먹겠다는 의도였다.

'이건 진짜 흉내도 못 내겠네.'

형운이 혀를 내둘렀다.

서하령은 마치 체내의 기운을 갖고 끊임없이 곡예를 부리는 것 같았다.

이렇게 하면 그저 힘으로 찍어 누르는 것보다 이득이 많다. 반응이 일어날 때마다 자신의 진기와 천명단의 진기 양쪽이 섞이면서, 동시에 손실을 일으키기 때문이다.

반응을 최소화한다는 것은 그만큼 많은 기운을 받아들일

수 있다는 의미였다.

'그러면서도 버릴 곳은 착실하게 버리고. 혼자서도 할 수 있지만 기왕 도움 줄 사람들이 와 있으니 착실하게 이용한다 이거군.'

아무리 서하령이라도 집중력을 유지하는 데는 한계가 있다. 모든 국면을 곡예 같은 기술로 해결하려고 하면 금방 한계에 도달할 것이다.

그녀는 반응이 커서 기술만으로는 감당이 안 되겠다 싶은 국면에는 형운의 진기를 가져다 썼다. 일월성신의 진기 특성을 적재적소에 이용하니 놀라울 정도로 과정이 수월해졌다.

'자기 진기도 아니고 외부에서 주입받는 타인의 진기로 이렇게 할 수 있다니……'

놀라서 말이 안 나올 지경이다.

"후우……."

심지어 실험에 걸린 시간은 불과 한 시진 반(3시간)도 되지 않았다.

서하령이 긴 숨을 토해내며 눈을 뜨자 보고 있던 장로들이 다들 깜짝 놀랐다.

"벌써 끝났다고?"

일월성단을 취했을 때 훨씬 장시간 동안 반응이 이어진다는 것을 생각하면 믿을 수 없을 정도였다.

서하령이 몸을 일으키며 말했다.

"끝났습니다."

모두들 술렁거리는 가운데, 형운과 서하령의 눈이 마주쳤다. 형운이 소리 내지 않고 입 모양으로만 말했다.

'축하해.'

그 말에 서하령이 눈부시게 아름다운 미소를 지으며 말했다.

'고마워.'

천명단의 거대한 기운을 최대한 손실 없이 받아들이기 위해서, 그녀는 놀라운 기교와 일월성신의 진기를 이용해서 반응을 최소화하는 것은 물론이고 한 가지 성과를 거두었다.

그것은 바로 일곱 번째 기심의 형성이었다.

기심을 하나 늘릴 때마다 그 이전에 비해 훨씬 높은 벽을 넘어야 한다. 그릇이 준비되어야 하고, 더 많은 기심을 형성하고 다룰 수 있을 정도로 기의 운행에 대해 깊은 이해와 감각을 지니는 것이 기본 조건이다.

서하령은 이미 7심을 이룰 수 있는 그릇과 기량을 지녔다. 천명단은 준비된 그녀가 갈 길을 크게 단축시켜 주는 보물이었다.

'어?'

서하령의 새로운 기심을 바라보고 있던 형운은 갑자기 눈앞이 아찔해지는 경험을 했다. 동시에 그 원인이 서하령의 몸에서 일어나는 반응을 억누르는 과정에서 기맥에 침투해 온 천명단의 기운임을 알아차렸다.

'이건?'

갑자기 사방이 공허로 뒤덮였다. 하늘도 땅도 없었고 심지어 자신을 구속하는 중력조차도 존재하지 않는, 그야말로 완전한 해방감이었다.

그러나 그 해방감 속에서 자신이 텅 비는 감각이 엄습해 왔다. 자신을 채우고 있던 모든 것이 사라진 공허에 외부에 존재하는 기운이 급류처럼 쏟아져 들어왔다가 다시 빠져나가는 감각은 실로 기묘하고 공포스러우면서도…….

'황홀하다.'

마치 세상 모든 것을 자기 마음대로 가져다 쓸 수 있을 것 같은 그런 기분이 들었다.

"…운."

그 감각에 취해 있던 형운은 문득 귓가를 울리는 소리를 들었다.

"형운?"

"아."

동시에 형운의 의식이 현실로 돌아왔다.

서하령이 이상해하는 표정으로 자신을 바라보고 있었다.

숨결마저 닿을 거리라 형운은 살짝 얼굴을 붉히면서 거리를
벌리고 헛기침을 했다.

"아니, 아무것도 아니야. 체내에 남은 기운 때문에 그만."

"녹아버리지 않았어?"

"지금은 녹아버렸어. 그런데 일월성단만큼 순수하지는 않
다고 들었는데 꽤나 자기주장이 강한 기운이네."

"음?"

그 말에 서하령이 의아해하는 표정을 지었다.

"천명단의 기운이?"

"왜?"

"나는 굉장히 편하게 느꼈어. 백혼단이나 백령단만큼 무엇
에든 물들 수 있는 무색(無色)은 아니지만, 그럼에도 굉장히
관대하게 모든 것을 포용하는 느낌이야."

"그랬다고?"

형운이 눈을 크게 떴다. 자신은 그렇게 느끼지 않았다. 기
맥에 잔존한 천명단의 기운은 뚜렷한 방향성을 갖고 있었다.
기운을 받아들인 자를 확연히 변화시켜 버리는, 그런 방향성
을.

형운이 더 입을 열려는데 귀혁이 전음을 날렸다.

ㅡ나중에 이야기하거라.

그 말에 형운은 장로들이 다가오고 있다는 사실을 깨닫고

입을 다물었다. 자신이 느낀 감각의 실체를 알 수 없는 상황에서 운 장로 일파에게 가치 있는 정보를 주는 일은 피해야 했다.

3

서하령이 천명단을 성공적으로 취했지만 그 후에도 거쳐야 할 작업이 산더미 같았다. 이런저런 검사도 해야 했고, 시설을 통해 기록한 정보들을 분석하는 작업도 있었다.

1차적인 작업을 마치고 밤이 되었을 때, 형운은 밤에 귀혁과 이 장로, 서하령이 있는 자리에서 자신의 체험을 이야기했다.

"그건 설마……."

이 장로가 눈살을 찌푸렸다. 짚이는 곳이 있는 모양이었다.

그의 눈이 귀혁에게로 향했다. 귀혁은 담담한 표정으로 고개를 끄덕였다.

"공교롭구나. 마치 천공지체(天空之體)에 대한 이야기 같으니."

"천공지체요?"

형운이 의아해하며 물었다.

하지만 그에게도 완전히 낯선 명칭은 아니었다.

"일월성신, 천공지체, 백운지신, 혼몽지체……."

형운이 예전에 들었던 이야기들을 떠올리며 중얼거렸다.

이 장로가 고개를 끄덕였다.

"그거다. 일월성신과 더불어 이론상으로만 존재했던 전설 속의 신체지."

물론 이제 일월성신은 그 반열에서 빠져나와 현실의 일부가 되었다.

천공지체, 백운지신, 혼몽지체는 일월성단보다 상위 등급으로 분류된 천공단, 백운단, 혼몽단으로부터 비롯된 신체들이었다. 실현된다면 일월성신만큼이나 거대한 잠재력을 지닌 존재가 될 것이다.

이 장로가 말했다.

"최근에 성존께서 한 가지 명을 내리셨다. 최우선적으로 연구해야 하는 과제였지."

"천공지체를 만들라고 하신 건가요?"

"맞다. 천명단의 완성은 이미 알고 계셨고, 거기에 맞춰서 현재 연구용으로 쓰고 있는 것과는 다른 형태로 개량한 천공단을 내려줄 테니 그걸 바탕으로 천공지체를 연구해서 완성하라, 그런 명령이었지."

별의 수호자의 연단술사들이 이론상으로 잡아둔 천공지체

의 특성은 이와 같다.

　'천공지체는 무한하면서도 텅 빈 그릇이다. 사람의 본질을
지녔으면서도 그 무엇보다도 뛰어난 포용력과 끝없는 그릇을
지닌다. 언제나 내면에 자리한 끝없는 공허는 온 세상의 기운
을 끌어 담아서 자신의 의지대로 쓰는 것을 가능케 한다.'

　설명을 들은 형운이 눈을 크게 떴다.
　이건 확실히 자신이 체험한 것을 말로 서술한 것 같지 않은
가?
　이 장로가 말했다.
　"나는 천명단을 만들면서 천공단에서 인간이, 아니, 정확
히는 현계의 존재가 감당할 수 없다고 생각하는 부분들을 잘
라냈다. 하지만 너는 여전히 그 안에 남은 본질을 접한 것 같
구나. 일월성신이라 가능한 일이겠지. 혹시나 해서 묻는 것인
데, 그런 신체를 실제로 이룰 수 있다고 생각하느냐?"
　"예전 같으면 말도 안 된다고 생각했겠지만, 지금은 충분
히 그럴 수 있다고 느낍니다. 일월성신을 이룬 제가 있으니까
요."
　"확실히. 솔직히 네가 일월성신을 이룬 후에도 우리는 그
것이 대단히 뛰어나기는 해도 결국은 우리가 상정한 것에서

크게 벗어나지 않는 영역이라고 생각했다. 세상에는 뛰어난 신체가 너무 많으니까. 하지만 유명후의 일이 있고 나서는 그게 아니라는 것을 알게 되었지."

형운은 성존과 독대한 뒤, 그를 통해 유명후의 일을 알게 되었노라고 장로회에 말해두었다. 그래서 그의 앞에서 유명후의 일을 꺼내는 것은 더 이상 문제 되지 않는다.

"어쩌면 이 문제에 대해서도 우리는 네게 기대게 될지도 모르겠구나. 그러지 않는다면 너무 먼 길을 돌아가게 되겠지."

"얼마든지 협력해 드리겠습니다. 다만⋯⋯."

"바라는 게 있느냐?"

"이 장로님께서 혼자 진행하시는 연구라면 얼마든지 협력해 드리겠지만, 다른 분들과 공을 나누시는 일이라면 저도 대가를 받아야 할 것 같군요."

형운은 자신의 입지가 불안하다는 사실을 알고 있었다. 귀혁과 이 장로가, 그리고 별의 수호자의 무력 공백 상태가 방파제 역할을 해주기는 하지만 유명후의 일이 상층부에 각인시킨 공포는 강렬했다.

이제는 좀 더 적극적으로 자신의 입지를 확보해야 할 때였다. 척마대를 이끄는 것만으로 그 입지를 확보하려면 너무 많은 시간이 걸리니 기회가 왔을 때 얻을 수 있는 것을 얻어야 했다.

4

형운은 척마대 임무에 나설 때마다 다른 부대주를 데리고 나갔다.

세 번의 임무로 세 명의 부대주를 다 활용해 본 다음부터는 형운을 제외하고 부대주들이 임무 수행조를 꾸리고 임무에 나서기 시작했다. 이제야 조직이 본격적으로 돌아가는 것이다.

그러나 형운이 나서지 않을 때는 마인이 아니라 주로 도적 떼처럼 민생을 위협하는 자들을 상대했다. 이런 자들을 상대할 때는 소수 정예가 아니라 부대주를 중심으로 20명 이상을 한 조로 묶어서 보냄으로써 압도적인 전력으로 그들을 처리해 버렸다.

그렇게 8월 말이 되었을 때, 가려는 깜짝 놀랄 소식을 들었다.

"제게 천명단이 주어진다고요?"

"네, 조만간요. 그래서 이번 임무는 곡정이를 보낸 거예요. 설풍미랑의 이름도 슬슬 많이 높아졌고 하니까."

형운은 원래 자신이 맡았어야 할 마인 척살 임무를 마곡정에게로 돌렸다. 마곡정의 실력을 믿기 때문에 할 수 있는 선택이었다.

'좀 걸리는 게 있긴 하지만……'

마곡정이 10여 명의 대원들을 이끌고 떠난 지 사흘이 지났을 때, 파견 경호대주 백건익으로부터 요청서가 날아왔다.

'파견 경호대원 중에 두 명이 척마대에서 일하고 싶어 하는데 시험 삼아 이번 임무에 조력하고 싶다. 허가해 줄 수 있겠는가?'

마침 두 사람은 파견 경호대 임무를 마치고 마곡정 일행의 이동 경로에 포함되는 지역에 대기하고 있기까지 해서 거절하기가 어려웠다.

아무리 봐도 뭔가 끼워 맞춘 것 같은 요청이었지만 백건익이 운 장로 일파에 속하는 인물도 아니었고, 워낙 정중한 요청이었는지라 일단은 받아들였다.

'곡정이가 알아서 하겠지.'

마곡정은 부대주 일을 아주 잘해주고 있었다. 처음 부대주로 발탁했을 때는 과연 그가 다른 사람들과 마찰을 빚으면 어떨지 걱정이었는데 대원들을 다루는 솜씨가 아주 훌륭했다.

"공자님, 어쩌다 이야기가 그렇게 되었습니까?"

가려가 믿을 수 없다는 듯 물었다.

천명단은 아직 인간에게 복용시켜 가면서 그 효능에 대한 확신을 완성해 가는 단계의 비약이다. 장로회에서는 적어도 열 명의 피험자가 필요하다고 판단했다.

첫 번째 피험자인 서하령은 완벽한 성공 사례로 남았다. 그녀가 천명단을 취하는 과정은 예상보다 훨씬 안전하고 신속했으며, 극적인 내공 향상을 보여주었다. 그리고 두 달이 지난 지금까지도 전혀 이상이 발견되지 않았다.

하지만 두 번째 피험자인 지성 위지혁은 이야기가 달랐다. 일월성단만큼은 아니었지만 꽤 격렬한 반응이 나왔다. 내공은 큰 폭으로 증가했지만 그것도 서하령 때만은 못했다고 한다.

장로회는 그 원인을 형운에게서 찾았다.

"제 진기가 큰 역할을 했으리라고 생각하는 거죠. 아마 저도 그럴 거라고 생각해요. 애당초 하령이가 그걸 노리고 저를 부르기도 했고."

하지만 연단술사들은 가정만으로는 만족하지 못하는 이들이다. 실증을 통해서 확신할 수 있기를 원했다.

"결국 세 번째와 네 번째 실험을 연달아 수행하기로 했어요. 둘을 거의 비슷한 조건으로 맞추고, 한쪽에는 제가 참가하고."

하지만 장로회라고 해도 이제는 무작정 형운에게 업무 외의 일을 요구할 수는 없었다. 형운도 공식적으로 대주의 직위를 지니고 있고, 해야 할 업무도 많았으니까.

형운은 그 점을 이용해서 거래를 했다.

"다른 피험자도 누나와 거의 비슷한 조건으로 맞출 거예요. 누나, 이건 기회예요. 따로 챙겨둔 해룡단을 누나한테 주지도 못하고 썩혀두는 것도 아까웠는데 아주 잘됐죠."

형운이 악동처럼 웃었다.

그는 청해궁에서 받아 온 해룡단 세 개를 장로회에 주었다. 하지만 실은 보고하지 않고 감춘 해룡단 세 개, 그리고 해심단들이 더 있었다.

양심에 거리낄 물건은 아니었다. 어디까지나 인어왕과 인어공주가 형운에게 개인적으로 준 선물이었으니까. 별의 수호자의 일원으로서 거래해서 얻은 물건들은 전부 넘겼다.

문제는 해룡단이 꿍쳐뒀다가 몰래 먹으면 그만인 물건이 아니라는 것이다. 가려의 현재 상태를 생각하면 꽤나 격렬한 반응을 각오해야 한다.

"천명단을 먹고 기운이 소화되는 시점에서 해룡단을 취해요."

장복용이 아닌 비약은 두 번째 복용 때는 효과가 눈에 띄게 떨어진다. 일월성단이 높게 평가받는 이유 중에 하나는 해와 달과 별, 3종류로 나뉘어 있다는 점이기도 하다.

"그럼 앞으로 어떤 적을 만나도 충분히 대적할 수 있을 거예요."

"제게는 너무 먼 이야기입니다."

가려에게는 형운이 하는 말이 현실성이 느껴지지 않았다. 줄곧 누군가의 그림자로만 산 그녀에게는 너무 아득한 이야기다.

"아니에요. 누나의 성취는 이미 충분해요. 누나, 저는 믿고 의지할 수 있는 사람이 필요해요. 언제 어느 때라도 등을 맡길 수 있는 사람은 많지 않아요. 곡정이에게도 풍성의 제자라는 입장이 있고, 연진이도 마찬가지예요."

형운이 가려의 손을 잡으며 말했다. 멍하니 그를 바라보던 가려가 얼굴을 붉히며 고개를 푹 숙였다.

"소, 솔직히 자신은 없지만 공자님께서 그렇게 말씀하신다면… 노, 노력해 보겠습니다."

순간 형운은 가려를 안아버리고 싶은 충동을 참아내느라 애를 먹었다.

'와, 누나 완전 귀여워!'

가슴이 심하게 간질거린다. 형운은 애써 충동을 억누르며 말했다.

"누나만 믿을게요."

마곡정이 복귀한 것은 9월 중순이었다.

임무는 성공리에 마쳤다. 하지만 돌아온 그의 표정은 말이 아니었다. 조를 짜서 나간 열네 명의 대원 중 두 명이 사망했고 중상자가 세 명이나 나왔기 때문이다.

척마대는 임무 특성상 언제 사망자가 나와도 이상하지 않았다. 형운이 나선 임무에서는 아무도 사망자가 나오지 않았지만, 부대주들이 이끄는 임무에서는 이미 사망자가 나온 바 있었다.

"수고했어."

형운이 안타까워하며 마곡정을 맞이했다. 마곡정은 부상자 치료와 사망자의 시신 문제를 처리하고는 형운과 독대하자마자 말했다.

"이미 중간보고는 받았으니 알겠지. 청수쌍괴는 어렵지 않게 잡았어. 피해는 오다가 이상한 놈들에게 기습당해서 난 거야."

"어떻게 된 거야?"

"산을 넘다가 습격당했어. 처음에는 요괴를 낀 산적 떼가 공격해 왔지. 놈들이 활로 공격해 오는 바람에 초반 피해가 좀 났어."

"정찰을 게을리한 건 아니겠지?"

"아니었어. 술법에 당한 거야. 분명 정찰을 성실하게 했는데도 술법으로 자신들을 감추고 있다가 공격해 왔지."

"산적 떼가 술법이라고?"

형운이 경악했다. 믿기 어려운 이야기였다.

마곡정이 눈을 지그시 감고 입을 열었다. 치미는 분노를 참으면서 최대한 냉정하게 말하기 위해서 애를 쓰는 것 같았다.

"처음엔 요괴가 섞여서 있어서 그런 줄 알았어. 요괴가 그런 술법을 쓸 수도 있잖아? 하지만 아니었어. 곧바로 광현이라는 사람이 말해줬지. 사특한 기운을 지닌 자가 숨어 있다고."

"광현이라면 그 파견 경호대에서 나온 기환술사?"

"맞아. 그 둘에 대해서는 일단 뒤에 이야기하지."

요괴는 늑대인간이었는데 마곡정 말고는 아무도 상대할 수 없을 정도로 강했다. 다른 산적들도 산적들치고는 꽤 강했는데, 무공이 강한 것이 아니라 힘이 이상할 정도로 세고 이성이 반쯤 마비된 상태로 마구 날뛰어서였다.

"그것도 뒤에 숨은 놈의 짓이었던 것 같아. 광현과 서보의 견해로는……."

서보는 척마대의 기환술사였다.

"…특수한 마약을 먹어서 그렇게 된 것 같다더군. 마약을 먹이고 술법으로 최면을 걸어서 육체의 한계를 도외시하고 날뛰는 광전사로 만드는 사술일 거라고."

"산적들을 소모품으로 쓴 거군."

"그랬던 것 같아."

"놈은 못 잡은 거야?"

"잡기는커녕 보지도 못했어."

마곡정이 이를 갈았다. 얼굴도 모르는 마인 술사에 대한 분노를 참을 수 없는 것 같았다.

초반에 기습당해서 피해가 좀 나긴 했지만 모두들 잘 싸우고 있었다. 마곡정은 늑대인간 요괴를 압도했고, 대원들도 미친 듯 날뛰는 산적들을 차분하게 쓰러뜨려 갔다.

그런데 마곡정이 늑대인간 요괴를 쓰러뜨릴 때쯤, 빛에 휘감긴 무언가가 일행 부근에 날아들었다. 그리고 폭발을 일으키면서 주변에 있던 자들의 목숨을 앗아 갔다.

혼비백산한 일행을 갑자기 나타난 열 마리의 시귀가 덮쳤다. 그리고 소름 끼치는 기괴한 울림이 섞인 목소리가 들려왔다.

'설풍미랑, 운이 좋구나. 이곳에서 목숨을 거둘 생각이었거늘 저런 자들의 비호를 받고 있다니……'

마곡정 입장에서는 도무지 이해할 수 없는 소리였다.

어쨌든 마인 술사는 사라졌고, 악전고투 끝에 남은 산적들과 시귀들을 처리하고 나자 더 이상의 위험은 나타나지 않았다.

"어떤 놈인지 모르겠지만 목소리는 확실히 기억했다. 다음에 만나면 무슨 수를 써서라도 죽여 버릴 거야."

분노하는 마곡정의 주변에 냉기가 감돌면서 목소리에 으르렁거림이 섞여 나왔다. 분노가 너무 커서 영수의 피가 깨어나고 있는 것이다.

형운이 말했다.

"어떤 놈인지 모르겠지만 우리를 표적으로 삼았다는 것만은 분명하군."

"아마 나겠지. 내 목숨을 거둘 생각이었다고 하니까. 아마 허세였겠지만……."

"그건 몰라."

"뭐?"

"네가 표적인지, 아니면 표적이 여럿인데 그중 하나일 뿐인지는 모른다고. 안 그래?"

그 말에 마곡정이 눈을 크게 떴다. 그 말대로였다. 놈이 마곡정만을 노리는 것인지, 아니면 척마대 전체를 노리는 것인지, 그것도 아니면 별의 수호자 안에서 특정한 몇몇 인물을 노리는 것인지는 지금으로서는 알 수 없는 노릇이다.

형운이 말했다.

"당분간은 임무 편성에 주의를 기울여야겠어. 파견 횟수를 줄이면서 대응책을 생각하지. 아무래도 기물 지원을 좀 더 요청할 필요가 있겠군."

척마대는 작전 수행용 물품으로 이런저런 기물을 지급받고 있었다. 작전을 수행할 때는 전원이 심령을 제압하는 사술에 저항하는 호부(護符)를 기본으로 갖추며, 야명주나 비상 연락용 기물도 지급받는다.

이 이상의 기물 장비는 그럴 만한 적을 상대할 때나 지원받을 수 있는 것이다. 그리고 마곡정이 만난 수수께끼의 마인 술사는 그럴 필요성이 있는 적이었다.

형운이 물었다.

"파견 경호대의 두 사람은 어땠어?"

"음, 그 두 사람은 상당히 도움이 됐지."

마곡정이 애써 화를 가라앉히고 말했다.

처음에는 임무 도중에 다른 부서에서 끼어들었다는 사실이 불쾌했다. 하지만 둘은 마곡정보다 연장자이면서도 직위에 대한 예의를 지켰고, 상당히 빡빡한 척마대의 이동에도 군말 없이 따라왔다.

임무를 수행함에 있어서도 상당한 능력을 보여줬다. 특히……

"습격당했을 때, 두 사람이 아니었다면 피해가 더 컸을 거야."

처음에 화살 세례를 받았을 때, 두 사람 중 검술을 쓰는 무인 박윤익이 마곡정의 반대편에서 상당수의 화살을 쳐냈다.

그리고 나중에 기물이 날아들어서 폭발했을 때는 기환술사 광현이 급히 방어 술법을 펼쳐서 피해가 크게 줄었다.

"안 그랬다면 사망자가 두 배는 많았겠지. 두 사람에게는 감사하고 있어. 우리 쪽으로 온다면 환영할 만한 인재라고 생각한다."

"그렇군. 수고했어. 일단 돌아가서 쉬어. 뒷일은 내가 처리할 테니까."

마곡정은 고개를 끄덕이고는 대주 집무실을 나섰다.

6

이 일로 인해서 척마대의 움직임은 크게 위축되었다. 형운은 임무를 신중하게 골랐고, 파견할 때는 반드시 20명 이상으로 조를 짜고 마인 술사 대응 장비를 준비하게 했다.

사실은 곧바로 자신이 임무에 나서고 싶었지만, 그럴 수 없었던 것은 장로회의 요청 때문이었다.

'이런 때 성운검대의 일에나 협조하고 있어야 한다니……'

형운은 성도의 탑으로 향하는 내내 심기가 불편했다.

원래 자신이 직접 나가려고 했던 임무인데 장로회의 요청으로 일정을 변경해야 했다.

'차기 성운검대주가 천명단을 복용하는데 도와달라.'

아직 공식 발표는 없었지만 성운검대주 고동준은 결국 은퇴하기로 결정된 모양이었다.

물론 장로회가 왜 이 일을 그토록 중시하는지는 알고 있다. 성운검대는 오성이 이끄는 별의 군세와는 별개의, 장로회 직속의 무력집단이기 때문이다. 장로회 입장에서는 성운검대주의 부재가 오성의 부재보다 훨씬 크게 느껴질 것이다.

'그렇다고는 해도 이런 때에……'

장로회가 그만한 대가를 준비했다고는 하지만 짜증이 나는 것은 어쩔 수 없었다.

성도의 탑에 들어선 형운은 아는 얼굴을 발견했다. 예전에 괴령 유적 때 함께 일한 바 있던 성운검대원 양미준이었다.

"오랜만입니다, 형운 공자… 아니, 이제는 척마대주님이라고 불러야겠군요."

"반갑군요. 숙부님의 일이라 보러 온 겁니까?"

"예. 오늘 잘 부탁드립니다."

차기 성운검대주는 고동준의 제자이며, 양미준의 숙부인 양준열이었다. 그는 현재 성운검대의 다섯 개 단 중 하나를 이끄는 단주이기도 했다.

형운이 수집한 정보로는 무력으로만 보면 성운검대에는 양준열보다 앞서는 고수가 몇 있다고 한다. 현역 중에 심상경에 오른 자도 있다고 하니 성운검대가 얼마나 막강한지 알 수 있었다.

그럼에도 양준열이 차기 성운검대주로 꼽힌 이유는 고동준의 제자라는 점, 이제까지 뛰어난 실적을 올려왔다는 점, 그리고 아직 40대 중반이라 장래성이 있다는 점 때문이었다.

'말은 그럴싸하게 늘어놨지만 결국 정치겠지.'

형운은 속으로 혀를 찼다.

현재의 지성인 위지혁만 봐도 알 수 있듯 별의 수호자에는 실력 있는 사람은 많지만 위로 올라갈 수 있는 사람은 극히 한정되어 있다. 출세의 분기점을 두고 경쟁을 벌이다가 패하게 되면 더 위로 가기는커녕 다시 그 자리까지 기어 올라오기도 어려웠다.

경쟁에서 패한 자들은 대부분 일정한 지점에 머무르게 된다. 그런 사람들 중에 실력으로만 보면 윗자리에 오르고도 남을 만한 이가 얼마나 많겠는가?

'성운검대라고 다를 리가 없지.'

양준열은 전에 몇몇 행사에서 본 적이 있었다. 고집스러운 눈매에 매부리코가 두드러지는 인상의 사내였다. 순수 인간 혈통이기는 하지만 일찌감치 심후한 내공을 이뤄서 그런지 40대 중반으로는 보이지 않을 정도로 젊어 보였다.

'역시.'

형운은 그를 보자마자 생각했다.

내공은 7심이다. 기심 하나하나가 건실하게 잘 다듬어져 있었고 기맥을 순환하는 기운도 막힘없었다. 적당한 긴장감 속에서 잘 벼려진 칼날 같은 기파는 그의 기공이 높은 경지에 달해 있음을 알려주었다.

하지만 거기까지다. 그는 심상경에 도달하지는 못했다.

'심상경이 다는 아니지만…….'

분명 그는 훌륭한 기량의 소유자일 것이다. 하지만 과연 이런 시기에 성운검대주를 맡을 만한 인재일까?

'아니, 됐다. 내가 고민할 문제는 아니야.'

조직을 이끌어가는 데 중요한 것은 무력만이 아니다. 조금 무력이 부족하더라도 조직을 통솔하는 능력이 뛰어나다면 훌륭한 우두머리이리라.

반대로 무력이 강해도 다른 능력이 부족하다면 우두머리로서의 자격이 없다. 형운은 척마대주가 된 후로 그 사실을 절감하고 있었다.

"잘 부탁하네, 척마대주."

양준열이 악수를 청해왔다. 그의 손을 맞잡은 형운은 생각했다.

'경계하고 있군. 그리고 호승심…….'

형운은 그의 시선으로부터 몇 가지 감정을 읽어냈다. 그리고 그가 자신과 싸워보고 싶어 한다는 사실을 알았다.

'정치적인 인물일 줄 알았더니… 하긴 이 경지에 오를 정도면 본바탕은 골수 무인일 수밖에 없지.'

양준열의 경지는 재능, 환경, 그리고 피나는 노력을 모두 갖춰야만 이룩할 수 있는 성취다. 그가 정치적인 행보를 보인다고 해서 무인으로서의 노력을 폄하할 수는 없으리라.

곧 형운은 장로들이 모여 있는 곳으로 향했다. 장로들에게 인사를 하고 나자 뜻밖의 사람이 말을 걸어왔다.

"탐탁지 않은 얼굴이군."

운 장로였다.

순간 형운은 당혹스러웠다. 소년 시절이 지난 후로는 그와 거의 대화를 나눠본 적이 없어서였다. 대화를 나눈다고 해도 남들 보는 앞에서 인사치레로 하는 말이 다였으니 실질적인 대화는 전무하다고 봐야 할 것이다.

하지만 형운은 능숙하게 당혹감을 감추며 말했다.

"아니라고는 못 하겠군요."

"솔직하군그래. 자네 사부처럼. 별로 좋은 태도는 아니야."

"유감입니다. 전 그 점에 대해서는 사부님을 깊이 존경하고 있거든요."

형운은 굳이 운 장로에 대한 반감을 숨기지 않았다. 서로 알 것 다 아는 사이였고 남에게 보여주기 위한 대화도 아니었으니까.

잠시 두 사람의 시선이 허공에서 부딪쳤다. 하지만 운 장로는 금세 감정을 거두어들이며 말했다.

"연진이 일은 감사하게 생각하고 있네."

강연진의 배경은 운 장로였다. 지금도 강연진은 운 장로의 눈이 되어 형운에 대한 정보를 제공하고 있을 것이다.

강연진은 형운을 좋아하고, 은혜를 느끼기도 하지만 사람에게는 벗어날 수 없는 입장이라는 것이 있는 법이다. 강연진에게는 운 장로 역시 저버릴 수 없는 크나큰 은혜를 준 인물이었다.

운 장로는 그 점을 끄집어내고 있었다. 하지만 형운은 불쾌해하는 대신 빙긋 웃었다.

"제가 드리고 싶은 말씀입니다. 장로님 덕분에 연진이가 뒤처지지 않을 수 있었지요. 남들보다 출발이 늦다 보니 많이 힘들어해서 걱정이 많았습니다."

그 말에 운 장로의 표정이 묘해졌다.

그는 오랜 시간 동안 권력을 위해 살아온 인물이다. 본심을 감춘 채 남들과 칼날을 품은 대화를 나누는 것이 일상이었다. 당연히 눈앞의 인물이 진심으로 말하는 것인지, 아니면 비아냥거리려고 말하는 것인지 정도는 쉽게 분간해 낸다.

언뜻 보면 형운이 그가 던진 말에 대해 비아냥거림으로 응수한 것 같다. 하지만 운 장로는 형운의 의도가 무엇이든지 말 자체는 진심이라는 느낌을 받았다.

형운은 한술 더 떴다.

"앞으로도 잘 부탁드립니다. 제가 연진이에게 해줄 수 있는 것이 많지 않아서요. 기왕이면 연진이가 잘되어서 높은 자리를 차지하는 게 장로님께도 좋은 일이겠지요."

"흠. 자네는 귀혁보다도 재미있는 구석이 있군그래."

"감사합니다."

형운은 여유를 잃지 않았다.

잠시 형운을 바라보던 운 장로는 더 이상 대화를 이어가지 않고 다른 장로들에게로 가버렸다. 형운은 그의 의도를 알 수 없어서 혼란스러웠다.

'그냥 나를 떠본 건가?'

운 장로는 벌써 80세가 넘었다. 일선에서 물러났어도 이상하지 않은 나이다. 요 몇 년 사이에 그와 비슷한 연배의 장로들 중에서 몇몇이 은퇴를 선언하고 새로운 이에게 자리를 내주기도 했다.

하지만 운 장로는 여전히 정력적으로 일하고 있었다. 정치적인 활동에 주력하기는 했지만 연단술사로서 성과를 내놓기도 게을리하지 않았다. 자신이 직접 하는 일을 줄이면서 유능한 연단술사들을 모아서 연구단을 꾸려서 성과를 내는 것을 보면 정말 대단하다는 생각이 든다.

'사부님과 이 장로님이 아니었다면 이미 별의 수호자를 손에 넣었겠지.'

형운은 운 장로를 안 좋게 보았지만, 그의 존재 자체를 부정하지는 않았다.

별의 수호자는 너무나도 거대한 조직이다. 오성만 하더라도 각각이 일국의 장수처럼 많은 인원을 거느리고 막대한 책임과 권력을 쥐지 않는가?

조직의 성격이 꽤나 이상해서 그렇지, 정상적으로 생각하면 권력을 둘러싸고 지금보다 훨씬 피비린내 나는 암투가 난무했어도 이상하지 않았다. 그러니 그 안에서 권력을 두고 정치적인 행보를 보이는 이가 없다면 그편이 이상할 것이다.

이제는 형운도 그런 일들에서 자유로울 수 없었다. 척마대주로서, 그리고 장래 영성을 노리는 사람으로서 수많은 문제들을 헤쳐 나가야 할 것이다.

7

우려와 달리 형운이 빠진 임무는 수월하게 끝났다. 중상자
가 몇 나오기는 했지만 임무 수행 중에 나온 것이지 정체불명
의 마인 술사의 습격을 받아서 생긴 것은 아니었다.

그렇다고 해서 안심할 수는 없었다. 그 마인 술사가 노리는
것이 무엇인지조차 알지 못하는 상황인 것이다.

형운은 집무실에서 마곡정과 둘이 대화를 나누었다.

"일단 떠오르는 가능성은 두 가지가 있어. 하나는 진짜로
네가 표적이었다."

"다른 가능성은?"

마곡정이 묻자 형운이 대답했다.

"다음 공격을 준비하기까지 시간이 걸린다. 기환술사 입장
에서 보면 충분히 그럴 수 있지."

형운은 척마대 기환술사들에게 마곡정이 겪은 일을 말해
주고 분석을 요구했다. 그들은 마인 술사가 그날의 공격을 위
해서 상당한 준비를 했다는 결론을 내렸다.

척마대가 임무를 마치고 돌아가는 이동 경로에 위치한, 강
력한 요괴를 두령으로 둔 산적 떼를 수족으로 부린 것은 쉽게

되는 일이 아니다.

공격에 동원한 술법들도 그렇다. 평소 지니고 다니는 기물만으로 쓸 수 있는 술법이라면 모를까, 그렇지 않은 술법들을 준비하려면 시간과 노동이 필요하다. 기환술사는 준비하면 준비할수록 많은 것을 할 수 있는 존재니까.

"물론 그 괴인이 개인이 아니라 수가 많은 집단이라면 이 가정은 무의미해."

조직에 속하길 거부하는 기환술사들의 활동량에 한계가 있는 것은 술법을 준비하는 모든 과정을 혼자서 처리해야 하기 때문이다. 재료 수급이나 잔손질 등의 사소한 노동이라도 다른 사람과 분담할 수 있다면, 하다못해 먹고사는 문제라도 남에게 맡길 수 있다면 그 부담은 확연히 줄어든다. 그런 문제를 해결하는 것이 집단의 힘이다.

마곡정이 말했다.

"굳이 내 별호까지 언급한 것으로 봐서 내가 표적일 가능성이 더 높지 않나?"

"모르지. 그래서 시험해 보고 싶은 작전이 있어. 이번 임무, 네가 맡아주지 않을래?"

"하지. 그놈은 반드시 내가 죽이겠어."

마곡정이 구체적인 작전을 듣지도 않고 승낙했다.

8

형운이 제안한 작전은 유인작전이었다.

표면적으로는 마곡정이 임무 책임자로 나선다. 하지만 사실은 형운이 신분을 위장한 채 어느 정도 거리를 두고 뒤따르다가 놈이 나타나면 곧바로 따라붙는다.

이러면 마인 술사라도 함정을 알아차릴 수 없으리라. 그러나 마인 술사는 상당히 고도의 술법을 쓰는 데다가, 습격자라는 입장상 일행을 덮칠 장소를 고를 수 있기 때문에 주의를 기울여야 했다.

물론 이런 작전이 가능한 것은 형운과 마곡정이기 때문이다. 둘은 진조족이 준 기물로 실시간 통신이 가능했는데, 시험해 본 결과 지형에 관계없이 10리(약 4킬로미터)까지도 아무런 문제가 없었다.

그리고 이 거리는 형운이라면 단번에 좁힐 수 있는 거리이기도 하다. 마곡정 일행이 잠시만 버텨주면 금세 현장을 덮칠 수 있으리라.

마곡정은 의욕이 충만했다.

이번 목표는 운강 유역에서 기승을 부리는 수적단이었다. 그들은 운강의 배들을 덮쳐 약탈하는 것으로 악명을 떨쳤는데 문제는 우두머리가 요괴라는 점이었다.

물속을 자유자재로 누비는 요괴 두령이 사람을 잡아먹어서 악명을 떨치고 있었다. 그 요괴가 어찌나 물속에서의 움직임이 빠르던지 제법 이름난 고수들을 초빙했는데도 잡지 못하고 피해만 속출했다고 한다.

형운이 경고했다.

"너라면 충분히 상대할 수 있을 거라고 생각하지만 그래도 조심해. 무엇보다 그 마인 술사가 언제 습격해 올지 모르니까 임무 중에도 주변 경계를 게을리하지 말고."

"아, 지겨우니까 그만해. 너나 예은이나 왜 그렇게 내 엄마 노릇을 못 해서 안달이냐?"

"응? 거기서 예은이가 왜 나와?"

"…아, 아니, 그냥 그렇다는 거지."

형운이 의아해하자 마곡정이 짜증을 싹 지우면서 얼버무렸다. 하지만 이미 형운은 한 가지 생각이 뇌리를 스쳐 간 참이었다.

'호오, 곡정이 이 녀석 설마?'

그러고 보니 요즘 들어서 형운이 없을 때도 종종 거처에 찾아와서 예은이하고 이야기를 나누다 가는 일이 잦아졌다는 소리를 들었다. 그거야 예전부터 있었던 일이기 때문에 그러려니 하고 있었는데 지금 반응을 보니 상당히 수상한 느낌이다.

형운은 좀 더 추궁해 볼까 하다가 그만두었다. 만감이 교차

했기 때문이었다.

'그러니까 곡정이하고 예은이가 그렇고 그런 사이가 될 수도 있다는 거지?

현재 두 사람의 관계가 어떤지는 모른다. 어디까지나 마곡정의 반응을 보니 마음이 있어 보인다 정도일 뿐.

하지만 그것만으로도 굉장히 복잡한 기분이 들었다.

형운에게 예은은 피는 이어지지 않았을지언정 가족 같은 사람이었다. 임무 때문에 먼 곳에 나갔다가 온갖 위험을 겪고 돌아왔을 때, 그녀의 얼굴을 보면 비로소 집에 돌아왔다는 실감이 드는 그런 사람이다.

별의 수호자에 왔을 때부터 곁에 있던 그녀는 형운이 그랬듯 성장해 왔다. 예전에 슬슬 혼기가 차서 주변에서 이런저런 혼담이 들어와서 난감하다는 이야기를 들었을 때는 정말 뭐라고 형언할 수 없는 감정에 사로잡히기도 했다.

그런데 그런 예은이 마곡정과 그렇고 그런 사이가 될지도 모른다라?

상상만으로도 굉장히 이상한 기분이 들었다.

"곡정아."

"왜?"

"잘해라. 까불거리다 다치지 말고. 네가 청해군도에서 바다요괴하고도 싸워보고, 수공도 익혔다지만 방심은 금물이야. 그놈들은 물에서는 그야말로 귀신처럼……."

"아, 그만하라고 좀!"

마곡정이 역정을 냈다.

9

마곡정이 꾸린 임무 수행조는 본인을 포함해서 21명이었다.

다들 척마대 임무를 수행해 본 적이 있는 인원들만, 그중에서도 무력이 뛰어난 자들만 엄선해서 뽑았다.

'연진이랑 우전이가 같이 나가는 게 좀 걸리긴 하는데……'

그러다 보니 영성의 제자단에서도 두 명이 뽑혔다. 나이는 어리고 경험이 적기는 하지만 둘의 무공은 척마대에서도 상위권에 속했다.

형운은 여태까지 의도적으로 둘을 다른 조에 편성했지만, 이번에는 마곡정의 인선을 그대로 받아들였다. 실제로 둘의 무공이 높은 것도 사실이고, 함께 임무를 수행하는 것도 한 번쯤은 거쳐 가야 하는 과정이라고 여겼기 때문이었다.

마곡정 일행이 먼저 출발하고, 형운은 반나절 정도 시간 차를 두고 그 뒤를 쫓았다. 사전에 서로의 위치를 파악할 수 있는 기물을 지참했기 때문에 방향과 거리를 알기는 어렵지 않았다.

형운도 혼자 움직이지는 않았다. 가려를 포함한 호위단 네 명이 인피면구로 위장하고 일행으로 따라왔다.

그런데 중간에 예상치 못한 일이 하나 발생했다.

"뭐?"

마곡정에게서 진조족의 장신구를 통해서 날아온 연락을 들은 형운이 놀랐다.

"그 두 사람이 이번에도 합류하고 싶다고 했다고?"

—그래. '이런 식으로 연락하게 되어 죄송한데, 합류시켜 주시면 안 되겠느냐, 임무를 마치고 돌아가는 길에야 알게 되어서 염치 불고하고 찾아왔다……' 고 하는데.

마곡정이 난감해했다.

파견 경호대 소속의 무인 박윤익과 기환술사 광현, 두 사람이 마곡정 일행이 임무에 나섰음을 알고 도중에 찾아온 것이다.

형운이 말했다.

"거절해. 이번에는 아무런 절차도 밟지 않았어. 조직 차원에서 받아들일 수가 없는 문제야."

—파견 경호대주의 허가서는 받아 왔던데…….

"그건 의미가 없지. 그런다고 넙죽 받아들여 주면 우리 체면은 시궁창이야. 게다가 이번 작전 내용은 너 말고는 부대원들도 모르는데 외부인을 껴서 어쩌게? 몰라서 하는 말은 아니지?"

―나도 알기는 하는데…….

"알면서 왜 그래? 이유가 있으면 말해봐."

형운이 답답해하며 말했다. 그러자 마곡정이 한숨 섞인 목소리로 설명했다.

―지난번에 그 마인 술사한테 습격받을 때 같이 있었잖아. 그때 그놈이 나를 언급했던 것이 마음에 걸린다고, 자신들도 그놈과 원한을 맺었으니 만약의 경우에는 함께 싸우고 싶다고 해서…….

"어휴."

형운이 한숨을 쉬었다.

왜 마곡정이 난처해하는지는 알 것 같다. 마인 술사에게 공격받았을 때 함께 싸웠던 둘이 저런 말을 하면서 부탁해 오니 받아들여 주고 싶은 것이다.

"아, 알았다. 그냥 받아들여. 그 정도는 현장 지휘관 재량으로 처리했다고 해두자. 대신……."

―만약 아무 일 없이 돌아가게 되면 표면적으로는 이 건으로 내가 너한테 문책을 받는 걸로 해두지. 그럼 되지?

"거기까지 감수하겠다니, 정말 마음에 들었나 보네."

자존심 강한 마곡정이 연기라고는 하지만 모두 앞에서 형운에게 문책당하는 모습을 보이는 것까지 감수하겠다는 것이다. 그의 마음을 안 형운은 더 뭐라고 하길 포기했다.

"마음대로 해라."

―그럼 문제 있으면 또 연락한다.

마곡정이 연락을 끊었다.

형운이 투덜거렸다.

"명분은 정말 그럴싸한데, 아니, 명분만이 아니라 진심으로 찾아왔다고밖에 볼 수 없는 상황이기는 한데… 그래도 나중에 골치 아파질 수도 있을 것 같은데."

아랫사람들의 진심이 윗사람들에 의해서, 그리고 조직적인 차원에서 정치적으로 이용되는 경우는 흔하다. 아직 조직을 이끄는 경험이 부족한 형운 입장에서는 그런 경우를 두려워하지 않을 수 없었다.

'하지만 백 대주가 그렇게 해서 얻는 게 뭐지? 나를 차기 오성 자리를 두고 다투는 경쟁자로 보고 경력에 흠집을 내겠다 정도인가?'

척마대와 파견 경호대는 조직 성격상 서로 얽힐 일도, 충돌할 일도 거의 없다고 봐야 한다. 똑같이 총단에 자리한 조직이지만 두 조직의 심리적 거리는 물리적 거리보다 훨씬 멀다.

그러니 파견 경호대가 척마대를 견제하는 것은 정말 무의미한 짓이다. 그런데도 견제한다면 조직 차원이 아니라 파견 경호대주 백건익이 개인적으로 형운을 견제하는 것이거나, 혹은……

'그새 운 장로님에게 넘어갔을 가능성도 배제할 수는 없지.'

백건익은 운 장로 일파는 아니지만 어느 정도 지원을 받고는 있다. 형운이 모르는 곳에서 정치적인 거래가 이루어져서 둘이 손잡았을 가능성이 없다고 할 수 있을까?

'아, 이런 거 신경 쓰고 살기 싫었는데. 신경 끄고 있다가 뒤통수를 아프게 얻어맞고 부하들한테까지 피해 줄 수도 없고……'

형운은 짜증이 치밀어서 머리를 벅벅 긁었다.

10

파견 경호대 소속의 박윤익과 광현이 합류한 것을 빼면 가는 동안에는 아무 일도 없었다. 순조롭게 운강에 도착해서 하루 동안 쉬어서 기력을 회복한 뒤 작전행동에 들어갔다.

문득 가려가 말했다.

"문제없이 끝났으면 좋겠군요."

"괜찮을 거예요. 준비는 다 되어 있으니까."

척마대는 이곳에 오기 전에 이미 수적단을 상대하기 위한 작전을 세워두었다. 그리고 그에 맞는 장비도 준비해 왔다.

물속을 자유자재로 누비는 요괴는 위협적이지만, 마곡정은 이미 청해군도에서 바다요괴들과 싸워본 몸이다. 그를 중심으로 임무 수행조 모두가 배 위에서 어떤 식으로 싸울지 연습을 마쳤다.

무엇보다 그들에게는 이번 작전을 위해 지급받은 기물들이 있다. 물 요괴는 자신들에 대해서 잘 알고 대비한 자들이 얼마나 무서운지 그 목숨을 대가로 알게 될 것이다.

"최악의 상황은 작전을 수행하는 도중에 마인 술사가 습격해 오는 거예요."

그것은 형운이 가장 우려하는 상황이었다. 물 요괴가 이끄는 수적단만 해도 강적인데 마인 술사가 그 상황을 이용해서 기습해 오는 것은 상상도 하기 싫었다.

물론 이미 그런 상황이 닥쳤을 때 어떻게 대응할지도 작전을 세워둔 상태다. 미리 예상하고 행동을 정해둔 이상 혼란에 빠져서 우왕좌왕하는 일은 없으리라.

하지만 다음 날, 형운은 자신의 생각이 너무 안이했다는 사실을 깨달았다.

우우우우웅……!

갑자기 형운의 품 안에서 강렬한 빛이 새어 나왔다.

형운이 놀라서 품속을 뒤졌더니 긴급 신호용 부적 하나가
빛을 발하고 있었다. 부적이 불타오르면서 허공에 빛으로 짤
막한 문자를 그려내고 스러져 갔다.

　"뭐라고?"

　형운은 경악한 나머지 신음을 토했다.

　가려가 놀라서 물었다.

　"무슨 일입니까?"

　부적이 그려내는 문자는 그것을 지닌 이에게만 보이도록
보안 조치가 취해져 있었다.

　형운이 대답했다.

　"긴급구조요청이 왔어요."

　먼 곳에서 별의 수호자 일행이 긴급구조신호를 보냈다. 그
리고 그 신호가 가장 가까운 지부에 도착했고, 지부 측에서
충분한 무력을 지닌 인물들 중 가장 가까운 위치에 있던 형운
에게 상황과 위치를 전달했다.

　"지성에게서."

　그리고 긴급구조요청을 보낸 것은 바로 지성 위지혁이었
다.

제83장
악연(惡緣)

성운을 먹는 자

1

화아아아아악……!

황폐한 바위산 한복판에서 불길이 휘몰아치고 있었다.

사방이 가로막힌 곳도 아니고 탁 트인 곳에서 불꽃이 거대한 원을 그리며 소용돌이치는 광경은 마치 불꽃의 용이 몸부림치는 것 같았다.

그러나 그 광경이 몽환적이고 아름다울지언정, 그로 인한 현상은 결코 그렇지 않았다.

불길에 닿는 모든 것이 불타오르고 그 주변이 고열로 끓어오른다. 그저 주변에 서 있는 것만으로도 열기로 불타 버릴 것 같고, 공기를 호흡하는 순간 몸속이 익어버리는 지옥이 구현되어 있었다.

"불탈 것들이 별로 없는 곳은 내키지 않지만 어쩔 수 없군."

문득 불길 한복판에서 굵직한 목소리가 울려 퍼졌다.

화아아아악!

그리고 소용돌이치던 불길이 둘로 갈라지면서 한 남자가 걸어 나왔다.

불꽃처럼 휘날리는 붉은 머리칼, 흰자위와 눈동자의 구분조차 없이 불꽃을 응축해 빚어낸 보옥 같은 눈, 그리고 신체 위로는 살아 있는 것처럼 꿈틀거리는 문양을 새긴 남자였다.

한번 보면 잊을 수 없을 것 같은 그의 외모는 너무나도 유명해서, 지성 위지혁은 보는 순간 그의 정체를 알 수 있었다.

"과연 염마도라는 별호가 허명이 아니로군……."

위지혁이 진기를 둘러 열기를 막아내면서 중얼거렸다.

염마도(炎魔刀) 구윤.

광세천교의 칠왕이며, 7년 전에 전임 지성 신자호를 살해한 인물이었다.

칼날을 따라서 붉은 광택이 흐르는 두터운 태도(太刀)를 든 구윤이 웃으며 물었다.

"알아보는구나. 그대는 누구인가? 필시 범상한 지위의 인물은 아닐 듯한데."

"별의 수호자의 지성 위지혁이다."

"흐음? 지성이라고?"

구윤이 놀랐다. 그러더니 명백히 비웃음을 띤 어조로 말했다.

"이런. 설마 내 손으로 별의 수호자의 지성을 둘이나 저승으로 보내주게 될 줄은 몰랐다. 실로 악연이로군."

"헛소리를 좋아하는구나. 이 자리는 하늘이 내게 전임 지성의 원한을 갚으라고 마련해 주신 자리일 텐데 어딜 간교한 헛바닥을 놀리느냐?"

위지혁이 검을 들고 자세를 잡으며 대꾸했다. 하지만 속으로는 입안이 바짝 마르는 기분이었다.

'듣던 것보다 더한 괴물이다. 이런 자가 나오다니.'

최근 마교의 움직임이 활발해지고 있었다. 별의 수호자나 그 산하의 사업체들이 몇 번이나 급습당해서 인명과 물품을 잃었다.

그래서 귀한 비약과 약재를 운반하는 이번 일은 단단히 대비했다.

지성단에서 정예 무인들을 30명이나 데려왔고, 경험이 풍부한 기환술사도 두 명이나 대동했다. 또한 다들 마인들에게 대응하기 위한 기물들도 지참해서 수적으로 밀리는 상황이 온다고 해도 충분히 대응할 수 있는 능력을 갖췄다.

실제로 초반에 광세천교가 습격해 왔을 때, 그들은 훌륭한 대응력을 보여주었다. 광세천교 무인들은 달려드는 족족 죽거나 부상을 입었고, 마인 술사들이 부리는 술법도 별의 수호자 일행의 결계에 가로막혀 헛되이 녹아버렸다.

그러나 단 한 명, 구윤이 등장하면서 상황이 뒤집어졌다.

한창 별의 수호자가 전황을 압도하고 있을 때, 불꽃을 휘감은 그가 하늘에서 떨어져 내렸다.

별의 수호자 일행이 광세천교를 압도할 수 있었던 것에는 그들 하나하나가 정예이기도 하지만, 여럿이 모이면 모일수록 강해진다는 데 있다.

막대한 돈이 들어간 기물로 발생시킨 결계는 기환술사 개개인의 역량을 초월한 견고함을 자랑했다.

또한 무인들에게 지급된 기물은 그들의 기운을 서로 연계하여 진법을 발생시키는데, 이것은 그들의 힘을 크게 증대하는 것은 물론이고 술법이나 기공파 공격에 대해서 성채 같은 방어력을 발휘했다. 예전에 광세천교가 진 일월성단을 강탈하기 위해 성해를 강습했을 때 증명되었듯이 진법이 발동한 동안은 심상경의 절예조차 막아낼 수 있었다.

그런데 엄마도 구윤은 그저 하늘에서 떨어져서 착지하는 것만으로 이 두 가지 이점을 한 번에 박살 내버렸다.

"영광으로 알아라. 네가 별의 수호자의 지성이 아니었다면 너 같은 애송이를 상대하기 위해 내가 친히 나서는 일은 없었을 것이니."

구윤의 극양지력은 내공 수위를 초월하는 위력을 발휘한다.

웬만한 무인은 그에게 다가가지도 못하고 죽을 것이다. 그의 적이 되어 공방을 주고받는 것만으로도 초인적인 무공이 필요했다.

지성단의 정예들이라고 해도 그 조건을 충족시킬 수 있는 자는 극소수였다. 그리고 유감스럽게도 그들 중 누구도 위지혁과 구윤의 싸움에 끼어들 만한 수준에는 이르지 못했다.

위지혁이 쓴웃음을 지었다.

"애송이라. 그거 참 오랜만에 듣는 말이군."

쓰디쓴 고난을 겪고 40대 중반에 다시 영광의 권좌로 기어올라온 지금 그런 소리를 들을 줄이야.

"어디 애송이의 검이 얼마나 매서운지 보여주마, 마두(魔頭)."

위지혁의 검이 구윤을 향해 무수한 섬광의 궤적을 그려내기 시작했다.

2

형운은 급히 지성에게로 향했다.

마인 술사가 언제 습격해 올지 불안하지만 선택의 여지가 없었다. 당장 위험에 빠진 이들이 긴급구조요청을 보내왔는데 무시할 수는 없지 않은가?

게다가 자기가 없어도 가려가 있으니 마인 술사가 공격해 온다 하더라도 맞설 수 있을 것이다. 천명단을 복용한 그녀의 내공은 6심을 이루어 이제는 어디 가서 내공이 부족해서 패할 일은 거의 없다고 봐도 좋았다.

하지만…….

'젠장. 하필이면 왜 지금이야?

그래도 마음에 걸리는 것은 어쩔 수 없었다.

형운은 속으로 욕설을 퍼부어대면서 속도를 높였다. 그가 한 번 땅을 디딜 때마다 지면이 터져 나가고, 그 반동으로 수십 장을 한꺼번에 뛰어넘는다.

다른 사람에게는 하루 종일 가야 할 거리가 형운에게는 지척이나 다름없었다. 지형을 무시하고 직선으로 날듯이 달려간 형운은 어느 순간 오른쪽에 나타난 암벽 위에서 울려 퍼지는 폭음을 들었다.

'저기군!'

형운은 속도를 늦추면서 소모된 내력을 회복시켜 주는 약을 꺼내서 단번에 들이마시고 빠르게 운기했다. 전력으로 달려오느라 소모되었던 내력이 어느 정도 회복되자 형운은 단번에 암벽을 달려 올라가서 그 위에 착지했다.

"뭐, 뭐야?"

광세천교도들에 맞서서 필사적으로 싸우던 지성단의 무인이 깜짝 놀랐다. 갑자기 자신과 적 사이에 처음 보는 청년이 내려섰기 때문이다.

청년은 그를 돌아보지도 않았다. 그와 싸우고 있던 광세천교도에게로 달려들더니 무시무시한 일권을 날렸다. 놀란 광세천교도가 검을 들어 막았지만, 결과는 참혹했다.

쾅!

주먹을 막은 검이 부러지고, 주먹이 광세천교도의 몸통뼈를 박살 내버렸다.

경악한 지성단 무인이 물었다.

"누구냐?"

그제야 청년이 그를 돌아보았다. 청년의 얼굴을 알아본 그가 깜짝 놀라서 물었다.

"척마대주 아니십니까?"

"그렇습니다."

"세상에, 어떻게 벌써⋯⋯."

"비교적 가까이 있었던 덕분에 오게 되었습니다. 상황은 굳이 듣지 않아도 알 것 같군요. 저쪽이 급해 보이니 이쪽은 몇몇만 정리해 드리겠습니다. 부상자를 수습하시고 전열을 정비하시길."

형운은 말과 동시에 몸을 날렸다. 그가 가는 곳마다 폭음과 비명이 잇달아 울려 퍼지기 시작했다.

"맙소사."

처음 그를 알아본 지성단 무인은 입을 쩍 벌렸다.

조금 전까지만 해도 지성단은 궁지에 몰려 있었다. 수적으로도 열세였고, 염마도 구윤에 의해서 결계와 진법이 깨지는 바람에 전열이 붕괴해 버려서 전사자가 속출했다.

그런데 형운이 개입하자 순식간에 전황이 뒤집어진다.

형운은 광세천교도들을 상대로 네 번 이상 손을 쓰는 적이 없었다. 그가 가는 곳마다 광세천교도들이 피를 뿌리며 쓰러지니 중과부적이던 지성단 무인들은 숨통이 트였다.

'저놈까지는 처리해 둬야겠군.'

순식간에 열 명의 광세천교도들을 쓰러뜨린 형운이 나머지 표적을 정했다.

마음 같아서는 전부 다 쓸어버리고 싶었다. 하지만 조금 떨어진 곳에서도 위태위태한 싸움이 이어지고 있어서 여기에만 매달릴 수가 없었다.

'지성이 패한다면, 나도 위험하다. 늦기 전에 가세해야 해.'

지성과 싸우고 있는 자가 누구인지는 한눈에 알아보았다.

광세천교의 칠왕 염마도 구윤, 전임 지성 신자호를 죽인 최악의 위험인물이다.

위지혁은 구윤을 상대로 잘 버티고 있었다. 하지만 어디까지나 버티는 것일 뿐, 열세가 이어지면서 점점 궁지에 몰려갔다.

그가 무너지기 전에 가세해야 한다.

형운은 빠르게 판단을 내리고 광세천교도들 중 하나에게로 쇄도했다.

"이놈! 어디서 튀어나온 놈이냐?"

형운이 표적으로 삼은 자는 다른 광세천교도들과 마찬가지로 새하얀 복면으로 입을 가린 노인이었다. 눈에 혈광이 아른거리는 그는 내공이 6심에 달해 위압적인 마기를 뿜어내고 있었다.

실력도 만만치 않았다. 급가속하면서 뛰어들어서 날린 형운의 일권을 유연하게 받아넘기더니 강맹한 발차기로 반격했다.

형운이 거기에 감극도로 반응하는 순간, 몸을 돌려서 등을 보이더니 옆구리 사이로 검을 찔러오는 변칙적인 공격이 날아들었다.

파밧!

형운은 검끝에서 쏘아진 검기를 막아내면서 한 걸음 물러났다.

'역시. 이자만 처리하면 나머지는 지성단이 알아서 할 수 있을 거야.'

이 자리에 있는 지성단은 정예뿐이었다. 개개인의 기량만 보면 광세천교도들을 웃돌았다.

형운이 숨통을 틔워주자 그들은 기민하게 움직였다. 부상자를 뒤로 물리는 한편, 적들에 의해 흩어졌던 이들이 한곳으로 모이면서 깨졌던 진법을 다시 복원하기 시작했다.

'부러울 정도로 훈련이 잘되어 있군.'

척마대주가 되고 나니 이전에는 보이지 않았던 다른 조직의 기량이 눈에 들어왔다. 이 자리의 지성단은 척마대와는 비교도 안 될 정도로 조직으로서 잘 훈련되어 있었다.

어쨌든 눈앞의 마인만 처리하면 그들을 위협할 만한 존재가 없을 것이다. 형운은 그렇게 판단했다.

파파파파파!

주먹과 검이 현란하게 부딪쳤다.

마인은 힘과 속도, 내공 모두 형운보다 못했지만 검술이 아주 노련했다. 기기묘묘한 변칙적 기술들을 써가면서 형운의 움직임을 흐트러뜨렸다.

"애송이 주제에 놀라운 실력이로군! 이름을 밝혀라! 나는 위대한 광세천을 섬기는……."

후우우우우!

형운은 대답 대신 광풍혼을 일으켰다. 그것을 알아본 마인이 눈을 부릅떴다.

말문이 막힌 마인이 뭐라고 말하려는 순간이었다.

쾅!

형운이 대뜸 유성혼을 내질렀다. 마인이 그것을 검으로 쳐내면서 반격하려는 순간이었다.

퍼억!

그의 옆머리를 무언가가 강타했다.

'도대체 뭐가……?'

그는 믿을 수 없다는 듯 눈을 부릅떴다. 분명히 형운의 일거수일투족을 놓치지 않았는데 뭐에 당했단 말인가?

'설마 이건 격공의 기?'

그가 피를 뿜어내는 머리로 답을 떠올렸을 때, 왠지 전신에서 새하얀 빛을 발하는 형운이 다가와서 주먹을 날렸다.

퍼억!

일격으로 심장이 부서진 마인이 피를 뿌리며 쓰러졌다.

형운은 곧바로 몸을 돌려서 땅을 박찼다. 그리고…….

—유성무극혼!

그사이에 완성한 무극의 권으로 휘몰아치는 불꽃 너머에 있는 구윤을 관통했다.

3

그것은 기습이었다.

형운이 전장에 나타나는 순간부터 그 존재를 인지하고 있던 구윤도, 필사적으로 그와 맞서 싸우던 위지혁도 예상치 못한 공격.

설마 스물두 살밖에 안 된 애송이가 대뜸 심상경의 절예로 공격해 올 것이라고 누가 상상이나 했겠는가?

게다가 형운은 그동안 귀혁에게 지도받아서 무극의 권을 능수능란하게 펼칠 수 있게 되었다. 발동까지의 시간이 단축된 것은 물론이고 준비 과정을 최대한 은밀하게 감출 수도 있었다.

물론 일대일로 싸우는 와중이었다면 무의미한 수작이었으리라. 하지만 구윤은 위지혁과 싸우는 데 집중하고 있었다.

그 결과, 형운의 무극의 권이 무방비 상태의 그에게 명중했다.

"호오. 이건 상상도 못 한 일이군. 넌 흉왕의 제자였던 가?"

그러나 한순간 빛으로 화해 흩어지던 그는 휘몰아치는 불꽃 속에서 금세 육화했다.

그것을 보며 형운은 한 가지 사실을 깨달았다.

'이자, 심상경의 절예를 심즉동으로 펼치는 경지에 이르러 있다.'

구윤은 기습당했으면서도 너무나 쉽게 충격을 받아넘겼다.

타격이 없었던 것은 아니다. 진기가 어느 정도 소실되었고, 주변에 화염을 휘몰아치게 하던 극양지력의 흐름이 한 차례 끊겼다.

하지만 그뿐이다. 극양지력은 금세 다시 이어졌고 기파에는 흐트러짐이 없었다.

형운이라면 그럴 수 없었을 것이다. 귀혁에게 심상경을 훈련받은 지금, 어떻게 다시 육화할 수는 있었겠지만 큰 타격을 입었으리라.

구윤이 입꼬리를 치켜 올렸다.

"실로 경이롭구나. 머리에 피도 마르지 않은 애송이가 심상경의 절예라니. 흉왕도 그 나이에 그런 경지에 이르지는 못했을진대……."

후우우우우!

형운은 대답 대신 휘감고 있던 광풍혼의 기세를 올렸다. 동시에 새하얀 냉기가 거기에 뒤섞이며 주변의 열기를 몰아내기 시작했다.

"음?"

구윤이 눈썹을 치켜 올렸다.

치이이이이……!

수증기가 격렬하게 끓어올랐다.

구윤의 극양지력이 발생시킨 화염은 주변을 포위한 채로 소용돌이치고 있었다. 인간이 다룬다고는 믿을 수 없을 정도로 강력한 불꽃의 힘은 그에게 절대적으로 유리한 환경을 조성한다. 이 안에 갇힌 적은 숨 쉬는 것조차 어렵고, 몸을 태워 버릴 듯한 열기에서 자신을 지키기 위해서 진기를 소모해야 하니까.

그런데 형운이 그 상황을 바꾸고 있었다.

두 개의 빙백기심이 요동치며 극음지력을 쏟아내기 시작했다. 그것이 광풍혼과 융합되어 무시무시한 냉기의 기류가 되어 화염과 충돌했다. 화염과 냉기가 충돌하면서 주변에 수증기 폭풍이 휘몰아쳤다.

"이럴 수가?"

견디지 못하고 뒤로 물러나면서 구윤이 경악했다.

살면서 자신의 극양지력과 견줄 수 있는 극음지력을 다루는 무인을 딱 두 명 보았다.

백야문의 전대 문주 오운혜, 그리고 현 문주이며 설산검후로 이름난 이자령이었다.

그런데 또 한 명이 나타났다. 전혀 생각지도 못한 인물이.

'만약 염마도 구윤과 만나게 된다면, 싸울지 도망칠지 결정하기 쉬운 기준이 존재한다.'

스스로 일으킨 수증기 폭풍 속에서, 형운은 귀혁의 가르침을 떠올리고 있었다.

염마도 구윤은 강호상에 극히 드문 극양지력을 사용하는 자였다. 그의 무공은 백야문의 무공이 그렇듯이 환경의 영향을 민감하게 받는다.

'불타기 쉬운 것들이 많은 곳이라면, 특히 숲이 전장이라면 맞서지 않고 도망가라.'

숲을 전장으로 삼은 구윤은 설산을 전장으로 삼은 이자령처럼 무시무시한 힘을 발휘한다고 한다. 나무가 불타면서 일어난 불길이 고스란히 그의 힘이 되기 때문이다.

'열사의 땅에서도 강해지겠지만, 단순히 양기를 다루는 수준을 넘어서 불꽃의 화신 같은 놈이라 불탈 것이 많은 쪽이 훨씬 더 위험하지.'

다행히 이곳은 불탈 것이 별로 없는 황폐한 바위산이었다.

그런데도 스스로의 힘을 제대로 쓰기 위해서 부하들과 멀리 떨어져야만 할 정도라니, 얼마나 무시무시한 힘이란 말인가?

—유설무극권!

형운은 구윤이 동요한 틈을 놓치지 않았다.

곧바로 무극의 권을 전개했다. 구윤은 이번에는 대비하고 있었는지 아무런 타격도 없이 받아넘기고 반격을 준비했지만…….

'이건?'

형운이 펼친 무극의 권에 담긴 심상이 조금 전과는 다르다는 사실을 깨닫고 경악했다.

그리고 그가 육화하는 순간, 형운이 달려 나간 궤적을 따라서 무시무시한 냉기가 폭발했다.

콰아아아아아!

조금 전에 형운이 화염에 맞서 일으킨 냉기도 무시무시했
지만 지금 폭발한 냉기 파동에 비할 바가 못 되었다. 일거에
길이가 수십 장에 이르는 얼음기둥이 생성되면서 주변에 서
리 폭풍이 발생, 직후 얼음조각이 산산이 터져 나가면서 주변
을 강타했다.

그것은 이미 자연재해나 다름없었다. 그토록 압도적으로
휘몰아치던 화염이 흔적도 없이 잡아먹히고 주변의 기온이
급강하했다.

"이런······!"

위지혁이 경악했다.

형운이 직전에 전음으로 경고를 해줬기에 망정이지, 아니
었으면 자신도 휘말려들 뻔했다.

'이런 정보는 없었는데. 저 나이에 심상경에 올랐다는 것
만으로도 믿을 수 없는 일이거늘, 이 힘은 대체······?'

위지혁은 형운에 대한 정보를 꽤 상세하게 알고 있었다. 운
장로가 제공해 줬기 때문이다.

하지만 거기에는 형운이 심상경에 올랐다는 정보는 없었
다. 게다가 이 힘도, 무극의 권을 펼치는 솜씨도 갓 심상경에
오른 미숙한 자의 것이 아니지 않은가?

'영성, 소문은 많이 들었지만 정말 터무니없는 자로군. 본

인이 괴물일 뿐만 아니라 제자를 육성하는 능력까지도…….'

그때였다. 얼음폭풍을 가르며 불꽃의 검이 솟구쳤다.

화아아아아아악!

폭염이 작렬하면서 얼어붙었던 수분이 일제히 기화, 수증기 폭풍이 휘몰아친다.

형운이 냉기의 광풍혼으로 그것을 받아내는 순간, 한 줄기 불꽃이 그를 관통했다.

콰아아아아아앙!

이번에는 완전히 정반대의 양상이었다.

구윤이 펼친 신도합일(身刀合一)의 궤적을 따라서 불꽃이 폭발했다. 마치 활화산 같은 열기가 형운이 만들어낸 동토를 일거에 기화시키며 주변을 초토화시켰다.

후우우우우!

화염이 소용돌이치고 닿는 것만으로도 불타 버릴 열풍이 휘몰아쳤다.

'놀랍군.'

위지혁은 검기로 그것을 받아 흘리면서 상황을 살폈다.

놀랍게도 형운은 기습당하고도 타격을 입지 않았다. 곧바로 다시 육화하고는 구윤의 위치를 추적했다.

그런데 그 순간 구윤이 재차 신도합일로 형운을 관통했다.

형운은 이번에도 다시 육화했다. 하지만 방금 전보다 한 박자 늦었다.

　구윤은 그 순간을 기다리고 있었다. 형운이 육화하는 그 순간 도격을 날린다.

　"큭!"

　막 육화하자마자 공격을 받은 형운은 아슬아슬하게 그것을 받아냈다. 완벽하게 자세가 흐트러진 상황을 찌르고 들어왔기에 무심반사경이 아니었다면 받아내지 못했을 공격이었다.

　"그걸 받아내다니 역시 흉왕의 제자답군. 하지만 어설퍼."

　구윤은 기다렸다는 듯 도세를 변형시켰다. 받아내는 것만으로도 급급했던 형운의 균형이 무너지는 순간, 격공의 기로 무릎 옆을 치면서 발차기로 몸통을 가격했다.

　쾅!

　폭음이 울리며 화염이 휘몰아쳤다.

　"커억……!"

　형운이 신음을 흘렸다.

　심상경의 공방에서 우위를 점한 구윤이 공격의 우선권을 쥐고 있었다. 형운이 육화하는 사이 느긋하게 원하는 지점을 장악하고 철저하게 준비된 공격을 날린다.

　구윤이 차갑게 웃으며 허공에다 대고 연달아 도격을 날리자 폭염이 비처럼 쏟아져 내리며 형운을 집어삼켰다.

콰콰콰콰콰쾅……!

마치 수백 명의 궁사가 일제히 불화살을 쏟아붓는 것 같은 광경이었다.

심지어 파괴력 면에서는 그보다 월등하다. 다시금 공기가 호흡하지도 못할 정도로 달아오르면서 화염의 폭풍이 휘몰아쳤다.

사아아아아!

그러나 휘몰아치는 화염의 격류를 가르며 순백의 기운이 뿜어져 나왔다.

극한으로 응축된 냉기가 검처럼 솟구치는가 싶더니 일거에 폭발하면서 화염을 몰아내었다.

구윤이 신음처럼 중얼거렸다.

"음! 정말로 설산검후와 필적한단 말인가?"

형운은 이자령처럼 무수한 빙백검을 전개해서 힘의 규모를 키우는 것도 아니면서 그에 필적하는 극음지력을 다루고 있었다. 게다가 심상경 공방에서 밀려서 진기를 상당히 잃었을 텐데도 위력이 무시무시하다.

'심지어 놈의 무공은 극음으로 기울어져 있지도 않다. 어떻게 이럴 수가 있나?'

구윤 입장에서는 도저히 이해할 수가 없었다.

그는 원래대로라면 살아남을 수도 없었던 특이체질로 태어났으며, 마공과 사술을 통해서 극양지력을 연마했다. 그를 불의 화신으로 만든 무공 일양신화공(日陽神火功)은 정상적으로는 연마하는 것 자체가 불가능한 저주받은 마공이었다.

그 점에서는 일양신화공의 반대쪽 극단이라고 할 수 있는 백야문의 빙백설야공(氷魄雪夜功) 역시 마찬가지다. 언제나 춥고 얼어붙은 설산에서만 연마할 수 있고, 빙령의 도움 없이는 대성할 수 없다.

그런데 형운은 음이나 양, 어느 쪽으로도 치우치지 않은 무공을 연마했으면서도 구윤의 극양지력에 필적하는 극음지력을 다루고 있다. 불가해한 일이었다.

"하아!"

형운이 냉기를 실은 광풍혼으로 화염을 몰아내면서 유성혼을 소나기처럼 쏟아내었다. 그러면서 거리를 좁혀서 중압진을 펼치려는 순간이었다.

"어설프다고 했지 않느냐?"

순간 형운의 신형이 기울어졌다. 순간 눈앞이 불타는 것 같은 열기가 감각을 침투해 오면서 눈앞이 아찔해졌다.

'이, 이런……!'

그것은 아주 잠시였지만 치명적인 틈을 발생시켰다.

형운은 구윤의 격공의 기를 효과적으로 방어하고 있었다.

격공의 기를 다루는 기량 그 자체는 구윤에게 못 미치지만 시선을 감지하는 것을 넘어 공격의 조짐까지 파악하는 일월성신의 능력과, 상대의 기운을 낱낱이 시각화해서 보는 일월성신의 눈이 그 격차를 메워주었다.

그런데 격공의 기에 신경 쓰는 동안 의기상인과 허공섭물에 당했다. 형운이 취약한 분야를 제대로 찔린 것이다.

촤아아아아!

허점을 드러낸 형운의 몸 위로 불꽃의 궤적이 그려졌다. 광풍혼이 잘려 나가고 몸에 두르고 있던 호신강기마저 갈라진다.

다음 순간 구윤의 눈이 부릅떠졌다.

완벽하게 들어간 일격이었다. 그런데 형운이 호신강기가 갈라지는 순간, 기다렸다는 듯 전신으로 거센 기파를 방출해서 불꽃의 참격을 와해시키는 게 아닌가?

'대단하군. 정말로 흉왕 그자나 보일 법한 재주다.'

물론 그 또한 형운이 사전에 무심반사경으로 입력해 두었던 대응이었다. 머리로 생각하고 행했다면 도저히 할 수 없었을 것이다.

'하지만 달라질 것은 없다.'

어차피 구윤은 그것으로 손을 멈출 생각이 없었다. 그가 휘두르는 태도의 궤적을 따라서 심도(心刀)가 전개되었다.

거기에 정통으로 맞은 형운의 몸 일부가 기화되었다. 형운이 이를 악물고 기화하는 육신을 다시 되돌리는 순간, 구윤이 뛰어들었다.

이번에야말로 막을 수 없다. 그렇게 확신했던 구윤과 형운의 시선이 마주쳤다.

'음?'

구윤은 섬뜩함을 느꼈다. 형운에게 이 상황에 대비할 무기가 남았다는 확신이 들었다.

하지만 그것을 확인할 기회는 없었다.

파앗!

격공의 기가 구윤을 덮쳤기 때문이다.

"…다 죽어가다가 살아난 주제에 아직 기가 살아 있는가?"

구윤이 짜증을 내며 불꽃 너머를 바라보았다.

위지혁이 지친 기색이 역력한 모습으로, 그러면서도 투지를 잃지 않은 채 그를 노려보고 있었다.

4

위지혁은 형운이 난입해 오는 순간, 긴장이 풀려서 주저앉을 뻔했다.

그는 완전히 궁지에 몰려 있었다. 아마 형운이 개입하는 것이 조금만 늦었어도 당하고 말았으리라.

구윤의 상대가 형운으로 바뀐 후에도 곧바로 가세할 수가 없었다. 진기가 고갈 직전이었기 때문이다.

위지혁은 곧바로 비상용 진기 회복제를 먹고는 운기에 들어갔다.

형운과 구윤의 전투로 인해서 폭염과 냉기가 난무하는 상황에 운기라니, 상식적으로는 시도하는 것만으로도 주화입마에 빠질 짓이었다. 하지만 위지혁은 진기 소모를 최소화한 채로 기심을 맥동시키고, 그로 인해 발생한 힘을 쉬지 않고 전신 기맥으로 돌리면서 회복하는 데 성공했다.

'저러다가는 당한다.'

위지혁은 대결의 무게추가 완전히 기울어져 있음을 꿰뚫어 보았다.

형운은 도저히 그 나이라고는 생각할 수 없는 경지에 올라있다. 게다가 귀혁을 스승으로 둬서 그런지 심상경의 절예끼리 부딪치는 상황에도 놀랍도록 세련된 대응을 보여주었다.

하지만 거기까지다. 심상경에 있어서는 구윤이 월등히 우위에 있었고, 그로 인해서 구윤이 공격에 대한 주도권을 완전히 틀어쥐고 형운을 몰아붙였다.

'도와야 한다.'

그러고 싶은 마음은 굴뚝같지만 문제는 진기가 충분히 회복되지 않은 상황에서는 도저히 끼어들 틈을 못 찾겠다는 것이다.

일반적인 고수끼리 겨루는 상황이었다면 별문제 없었을 것이다. 그러나 형운도, 구윤도 너무나도 극단적이고 희귀한 힘을 다루고 있었다.

'오만한 자. 나를 상대할 때는 전력을 다하지 않았다 이건가?'

위지혁이 굴욕감에 이를 악물었다.

구윤이 저런 힘을 보였다면 아마 지금까지 버텨내지 못했을 것이다. 하지만 구윤은 철저하게 유리한 상황을 구축한 채로 야금야금 위지혁의 힘을 깎아내는 전술을 택했다.

'아니, 아니다.'

분노하던 위지혁은 자신의 감정에 제동을 걸었다. 그리고 천천히 심호흡을 했다.

감정을 다스리는 것은, 위지혁이 한번 절망했다가 다시 일어나는 과정에서 얻은 기술이었다.

그는 하성지와 화성 자리를 두고 벌인 경쟁에서 패해 마음을 다치고, 겨우 마음을 다잡았지만 조급하게 굴다가 몸까지 다쳤다. 그리하여 완전히 만신창이가 되었다.

더 이상 예전처럼 힘이 넘치지 않았다. 예전처럼 몸이 생각한 대로 쉽게 움직여 주지 않았다.

재능이 넘치는 자였던 위지혁은 잃고 나서야 자신이 가졌던 것의 귀중함을 깨달았다.

그 상실감은 절망으로 이어졌다. 아무리 노력해도 예전처럼은 될 수 없을 것이다. 모든 것이 최고조였던 그때도 부족했는데 이제 와서 노력한다 한들 무엇을 이룰 수 있을 것인가?

그런 그를 일으켜 준 것은 사부인 전임 풍성이었다. 노쇠하여 죽을 날이 가까운 사부가, 거동이 힘든 몸을 이끌고 폐인이 된 그를 찾아왔던 것이다.

사부는 늙어서 죽을 날을 기다리는 자신이 무엇을 할 수 있는지 보여주었다.

그것은 최후의 가르침이었다. 사부는 얼마 남지 않은 목숨을 깎아내면서 위지혁에게 자신의 심득을 전했다.

젊은 날의 힘을 잃고, 육신과 함께 내공마저 쇠한 자가 무엇을 할 수 있는가? 아무리 뛰어난 경지에 올랐어도 그것을 체현할 육체가 없고, 머릿속에 쌓인 경험과 기술을 활용할 감각조차 쇠한 것을.

늙은 사부의 상황이 위지혁이 처한 것과 비슷했다. 지금부터 아무리 노력해도 전성기의 자신을 따를 수 없는데 무슨 의미가 있을까?

사부는 말했다.

'가졌던 것을 보지 말고, 갖지 못했던 것을 보거라.'

그 시절의 위지혁은 모든 것을 다 가졌던 것만 같았다. 그때 가졌던 것을 잃고 나자 위지혁에게는 그 시절이 더욱 대단하고 눈부셔 보였다.
하지만 정말로 그랬던가?

'정녕 네가 모든 것을 다 가졌다면, 너는 왜 하성지를 당해내지 못했느냐?'

뼈저린 일침이었다.
그러나 마음이 부서진 위지혁을 움직이기에는 부족했다.

'네가 잃어버린 것을, 나는 평생 동안 잃어왔다. 분명 사람은 세월의 흐름 속에 끊임없이 잃는다. 잃는 만큼 얻지만, 그 둘은 동등하지 않다. 계속해서 잃다 보면 결국은 자기가 서 있던 자리에 있을 수 없는 때가 오게 마련이지.'

그것이 노쇠한다는 것이다. 사부는 스스로가 노쇠했음을

절감했기에 풍성이라는 이름의 권좌에서 내려왔다.

하지만 그렇다고 무인으로서의 발걸음을 멈춘 것은 아니었다.

'풍성의 자리가 내 삶을 증명하는 자리였다면, 나는 할 만큼 했다. 하지만 그래도 아직 내 안에는 욕망이 있더구나. 무인으로서 아직 더 높은 것을 이루고, 세상에 무언가를 남기고 싶다는 욕망이.'

그가 키운 제자들은 훌륭한 자질의 소유자였지만 오성의 권좌에 오르지는 못했다. 다들 경쟁에서 밀려나서 적당한 자리에 앉았고, 거기에 만족해 버렸다.

오직 위지혁만이 예외였다.

그는 한번 밀려났으면서도 다시 싸우기를 결의했다. 그러나 잔혹한 운명에 유린당하고 마음이 꺾였다.

'어쩌면 내가 네게 아직 무언가를 가르쳐 줄 수 있다는 생각이 들었다. 잘 보거라. 다시 보여줄 수 있을지 자신할 수 없으니.'

그날, 위지혁은 하나의 극의를 보았다.

그것이 사부가 내린 최후의 가르침이었다. 사부는 위지혁에게 젊은 날의 힘찬 육체를 잃고, 내공마저 쇠한 자가 무인으로서 무엇을 이룰 수 있는지 보여주었다.

그것은 위지혁의 뇌리에 새겨져 영원히 잊히지 않을 것이다.

사부가 심득을 전하고 천수를 다한 그날 이후, 그는 늘 사부가 남긴 그림자를 좇고 있었다.

'사부님.'

위지혁은 눈을 감았다.

심호흡을 한번 하고는 눈을 감고 허공에다 대고 검을 휘두른다.

무의미한 동작은 아니었다. 검에 맺힌 검기로 그려내는 궤적이 폭발하는 열기를 흘려내고 있었으니까.

동시에 기감이 뻗어나간다.

폭발하는 화염과 열기 때문에 기감마저 혼탁하다. 아무리 예리하게 가다듬어도 그 너머에 닿지 않는다.

위지혁이 한 번 더 검을 휘둘렀다.

마치 자신의 검술을 점검해 보는 것처럼 느릿느릿한 동작이었다. 하지만 검끝에서 일어난 희미한 빛이 놀라운 현상을 일으켰다.

휘몰아치는 불꽃의 흐름이 끊기면서 그 너머의 풍경이 드러났다.

'아직이다. 아직 당하지 않았어.'

그것은 찰나였다. 하지만 위지혁은 그 한 수로 불꽃의 장막 너머의 상황을 확인했다.

형운이 아직 버티고 있었다. 바람 앞의 촛불처럼 위태로운 상황에서도 기적처럼 공방을 이어나간다.

'대단하군, 영성의 제자… 아니, 형운. 이번에는 내가 도와주지.'

위지혁이 재차 느릿느릿하게 검을 휘둘렀다.

이번에는 아무 일도 일어나지 않았다. 아니, 정확히는 그렇게 보였다.

"음……!"

형운의 공세를 받아내던 구윤이 멈칫했다. 그가 형운에게 결정타를 가하기 위해 뛰어드는 순간, 절묘하게 날아든 격공의 기가 제동을 걸었다.

그의 무공이 아무리 뛰어나더라도, 인간의 한계를 벗어나 극양지력을 자유자재로 다룬다 할지라도 어쩔 수 없는 문제가 있다. 인간의 모든 행동이 그렇듯, 아무리 단련하더라도 없앨 수 없는 틈이 존재한다는 점이다.

즉 감극(感隙)이다.

위지혁은 극한의 집중력으로 구윤이 공격하는 순간을 포착하고 맥을 끊어놓았다. 그리고 불꽃의 장막을 뚫고 격공의 기로 구현된 검기가 잇달아 날아들었다.

"다 죽어가다가 살아난 주제에 아직 기가 살아 있는가?"

구윤이 불쾌해하며 받아쳤다. 거세게 파도치는 불꽃이 위지혁을 덮치는 동시에 격공의 기로 구현된 도격이 그를 노렸다.

하지만 그 순간 위지혁의 검이 검기와는 다른 빛을 발했다.

"크윽!"

구윤의 입에서 신음이 흘러나왔다.

순간 그의 몸 일부가 새하얀 빛이 되어 흩어졌다가 다시 원래대로 돌아왔다. 서로 공간을 격하고, 방향마저 무시한 공방이 시작되는 순간 위지혁의 심검이 그를 베고 지나갔기 때문이다.

바로 이 기술이 위지혁이 구윤을 상대로 버틸 수 있었던 이유였다.

분명 위지혁은 심상경의 절예를 심즉동으로 펼쳐내는 경지에 이르지 못했다. 그러나 그의 검술은 물 흐르듯이 유려했으며 어떤 공격을 하더라도 조짐이 두드러지지 않는 특성을 갖고 있었다.

똑같은 동작, 똑같은 기세로 검을 휘두르는데 그 결과물이 천차만별이다. 어떤 것은 강했고, 어떤 것은 날카로웠으며, 어떤 것은 허세에 불과한데 직접 부딪치기 직전까지는 그 진의를 읽을 수가 없었다. 기파를 다루는 솜씨가 너무나도 세련

되었기 때문이다.

심지어 거기에 격공의 기와 심검이라는 치명적인 변수까지 섞여 있으니 상대하는 입장에서는 악몽과도 같다.

위지혁은 심검을 심즉동으로 펼쳐낼 수는 없어도 평범하게 검을 휘두르는 것과 똑같이, 꾸준히 검투를 벌이는 동안에 전혀 눈치채지 못하도록 은밀하게 준비를 마치고 원하는 순간에 펼쳐낼 수 있었다.

이것이 전성기의 재능을 잃어버린 위지혁이 이룬 새로운 경지였다.

구윤이 혀를 찼다.

'전혀 예상 못 한 상황이군. 이럴 줄 알았다면 좀 무리해서라도 저자를 끝장내 둘 것을……'

화아아아악!

폭염이 쏟아지기 시작했다.

"큭……!"

형운과 위지혁이 뒤로 물러났다.

아까 전이라면 형운은 한기를 일으켜 받아쳤을 것이다. 그러나 지금까지의 공방으로 인해서 막대한 기운을 잃어버렸다.

그리고 그렇게 생긴 틈으로 구윤이 신도합일을 펼쳤다. 형운을 일순간 무력화시킨 다음 위지혁을 칠 의도였다.

순간 구윤이 상상도 못 한 일이 벌어졌다.

—무극(無極) 칼날잡기!

5

구윤이 전개한 신도합일의 섬광은 분명 형운에게 명중했다.

그런데 구윤이 육화한 지점은 형운을 지나친 곳이 아니라 그 바로 앞이었다.

'어떻게 이런 일이?'

구윤이 경악했다.

생전 처음 당해보는 상황이었다. 심상경의 영역에서 받아넘기는 것도 아니고, 충돌해서 만상붕괴를 일으키는 것도 아니고 상대가 자신이 원하는 지점에서 육화하도록 만들다니?

그것은 형운이 귀혁에게 전수받은 심상경의 방어 기술이었다. 상대가 심상경의 절예로 공격해 온다는 것을 미리 알고 대비해야만, 그리고 상대방이 구현하는 심상까지 예측해야만 쓸 수 있는 기술이다.

아직 심상경의 절예를 심즉동으로 펼칠 수 없는 형운이 쓰기에는 너무나 어려운 기술이었다. 그러나 형운은 몇 번이나 구윤이 펼치는 심상경의 절예를 경험했고, 그 경험을 통해서 그의 공격을 예측할 수 있었다.

자신을 향한 시선에 실린 감정을 통해서 어떤 심상이 구현될지 예측한 것이다.

"하아!"

한 수 앞을 읽고 미리 준비한 무극 칼날잡기가 완벽하게 들어갔다. 서로 코앞에서 마주 보게 된 상황에서 먼저 움직인 것은 형운이었다. 벼락처럼 뻗어나간 주먹이 구윤을 강타했다.

쾅!

폭음이 울리며 구윤이 뒤로 날아가 버렸다.

"큭……!"

곧바로 그를 추격하려던 형운이 비틀거렸다.

심상경의 공방에서 너무 많은 기운을 잃어버렸다. 게다가 지금까지의 공방으로 내상까지 입어버려서 몸이 마음대로 움직이지 않았다.

'젠장. 그게 막히다니…….'

방금 전의 공격은 완벽했다. 무극 칼날잡기로 구윤의 동요를 이끌어냈고, 그가 상황을 제대로 인지하기 전에 무심반사경으로 일격을 날렸다.

그런데도 막힌 것은 형운의 힘이 약해져 있었기 때문이다. 또한 구윤이 위지혁을 경계해서 전신에 두른 기운을 강화해

둔 탓이기도 했다.

"음……!"

구윤이 눈살을 찌푸렸다.

치명타는 면했지만 부상이 없는 것은 아니었다.

"재미있군."

그가 낮게 웃었다.

수련 중이 아니라 누군가와 싸우다가 부상을 입어본 경험이 얼마 만이던가? 가슴의 통증이, 부상으로 인해서 기맥이 불안정해지는 감각이 꽤나 신선했다.

구윤이 물었다.

"흉왕의 제자여, 이름은?"

"…내 이름을 모를 리 없을 텐데?"

"네 입으로 직접 듣고 싶은 것이다."

"형운이다."

"기억해 두마. 오늘은 네가, 아니, 너희가 이겼다."

"뭐?"

형운이 놀라서 눈을 크게 떴다.

구윤이 능공허도로 몸을 띄우며 말했다.

"이대로 너희들을 죽여 버릴 수도 있지만 내키지 않는군. 유감스럽게도 이미 작전도 실패했고……."

그 말에 기감을 확장해 본 형운은 지성단이 광세천교도들을 전부 정리했다는 사실을 알아차렸다.

"…무엇보다 내 힘이 쓰여야 할 더 중요한 전장이 있으니 여기까지 하도록 하지."

"큭……!"

형운과 위지혁이 굴욕감에 몸을 떨었다.

패배를 인정하고 도망치는 주제에 지독히 오만한 발언이었다. 허세를 부리는 것처럼 보이기도 하지만 형운도, 위지혁도 그렇지 않다는 것을 알고 있었다.

"그림자교주께서는 말씀하셨느니라."

불꽃을 휘감고 물러나면서 구윤이 말했다.

"형운, 네 운명은 흑영신의 잡것들과 깊게 연결되어 있다고. 그러니 오늘은 살려 보내주도록 하마. 모쪼록 너희가 공멸하기를 빌어주마."

구윤은 그 말을 끝으로 하늘에 불꽃의 궤적을 그리며 사라져 갔다.

형운은 그의 기파가 완전히 사라지자 다리에 힘이 풀려서 주저앉았다. 심장이 쿵쾅거리면서 거센 숨결이 흘러나왔다.

"헉, 허억……."

"괜찮은가?"

위지혁이 다가오며 물었다. 형운이 눈을 감은 채 고개를 끄덕였다.

"덕분에 살았습니다."

"그건 내가 해야 할 말이군."

위지혁이 쓴웃음을 지으며 손을 내밀었다. 형운은 그의 손을 잡고 일어났다.

문득 위지혁이 아직도 불타는 주변을 보며 물었다.

"끝까지 해봤다면 어땠을 거라고 생각하나?"

"잘해봐야 공멸이었겠지요."

"역시 그런가?"

형운의 대답에 위지혁이 혀를 찼다.

막판에는 언뜻 보면 할 만해 보이는 형국이었다. 그러나 형운도, 위지혁도 구윤에 대한 정보를 알고 있었다. 비록 30년 전 광세천교 토벌 당시의 정보이기는 하지만……

"정말로 우리를 처치하는 것과, 비축해 둔 힘을 온존하는 것을 저울질해 보다가 후자를 택했다는 말이군."

당시에 파악한 바에 따르면 구윤은 일반적인 무인이 진기를 담는 방식과는 별개로 체내에 막대한 극양지력을 비축해 두고 있었다.

그는 오로지 특정한 환경에서만 그 기운을 얻어서 비축해 둘 수 있었고, 그래서 그 기운을 쓰는 것을 신중하게 결정했다. 그리고 일단 그 기운을 쓰면 평소의 역량을 아득히 초월하는 신위를 보였다.

형운이 말했다.

"여기가 나무가 많은 숲 한복판이었으면 꼼짝없이 당했을 겁니다."

"다음부터는 기물 관리부가 뭐라고 하든 놈을 상대하기 위한 기물을 잔뜩 받아둬야겠어."

"확실히 예산 타령할 때가 아니죠."

형운이 그의 말에 공감했다.

예전에 흑영신교도들이 보여줬던 것처럼, 별의 수호자에도 심상경의 절예조차 막을 수 있는 기물이 존재한다. 하지만 그 기물들은 소모품인 주제에 상상을 초월할 정도로 제작 비용이 비쌌다.

기물 생산 체제 면에서 별의 수호자를 따를 수 없는 흑영신교가 그런 기물을 갖출 수 있었던 이유는 간단하다. 그들은 인간을 술법의 자원으로 삼기 때문이다.

정공과 마공의 차이와 똑같다. 마인들이 죄 없는 인간 한 명만 희생시켜도 얻을 수 있는 술법 자원을 정상적인 방식으로 얻기 위해서는 막대한 노력이 필요했다.

위지혁이 말했다.

"혹시 괜찮다면 이대로 같이 가겠나? 자네가 같이 간다면 든든할 것 같군."

"저희 쪽도 한창 위험한 작전을 수행하던 중이었기 때문에 곧바로 돌아가 봐야 합니다."

"그렇군."

위지혁은 더 권하지 않았다. 형운의 말에 납득했기 때문이기도 하고, 또 한편으로는 정치적으로는 적대 관계이기 때문이기도 했다.

그의 입장에서는 형운의 신세를 졌다는 것 자체가 문제 되는 일이다. 그런데 임무 수행을 끝까지 도움받아 버리면 이래저래 뒷일이 골치 아파진다.

그리고 조금 기다리면 아마 다른 지원 병력도 올 것이다. 그들과 합류해서 일을 처리하면 그만이다.

"이걸 받게."

위지혁이 부하들과 이야기하더니 짐 속에서 작은 목함 하나를 꺼내서 던져주었다.

"회복제도 써버렸을 테니 그게 도움이 될 걸세."

형운은 이것이 위지혁 나름의 감사 인사임을 알았다. 작전 수행을 위한 보급품이 아니라 지성인 그가 직접 나서서 이송 중이던 물품이라면 당연히 값어치가 높은 비약일 테니까.

"그럼 무운을 빌겠습니다."

"자네도."

형운 그 말을 끝으로 그 자리를 떠났다.

사실 내상과 진기 고갈 때문에 그 자리에서 약을 먹고 운기조식하고 싶었지만, 정적을 앞에 두고 그럴 수는 없었다. 함께 위기를 이겨낸 사이니 믿고 싶지만 권력을 두고 다투는 조직의 생리란 그리도 추악한 법이니…….

멀어져 가는 형운을 보던 위지혁이 중얼거렸다.

"왜 다들 주목하는지 알 것 같군. 언젠가 우리는 영성 자리를 두고 다투게 될 것이다, 형운."

오성의 자리는 결코 고정된 것이 아니다. 영성은 오성 중에서도 최고로 인정받은 자의 자리이니 귀혁이 은퇴한다면 기존의 오성과, 새로이 빈자리를 채우는 인물이 영성 자리를 두고 경쟁하게 될 것이다.

그리고 그때 형운은 오성의 일원일 것이다. 위지혁은 그 사실을 확신했다.

6

그리고 지성단에게서 충분히 멀어진 형운은 위지혁이 건네준 목함을 열었다. 여는 순간 은은한 기파가 흘러나오는 것이 최상급의 비약임을 알 수 있었다.

'수작은 없군.'

형운은 혹시나 싶어서 비약을 꼼꼼하게 점검한 다음 복용했다. 휑히 트인 야외에서 운기조식하기는 곤란해서 적당히 안전해 보이는 장소에 선 채로 운기행공할 수밖에 없었다.

'젠장. 정말 혹독하게 당했어.'

내부를 점검해 본 형운은 속이 쓰렸다.

외상은 없었지만 내부는 엉망이었다. 진기는 채 3할도 남지 않았고 내상까지 입었다. 기맥의 상태가 엉망진창이라 단시간 내로 회복할 수 있을 것 같지 않았다. 그리고 이렇게 내상을 안은 상태에서는 아무리 형운이라고 할지라도 소모된 진기를 제대로 보충할 수 없다.

다행히 위지혁에게서 받은 비약의 효능은 탁월했다. 내상을 다스리는 데 상당히 도움이 되는 약이었다.

하지만 형운에게는 느긋하게 회복할 여유가 없었다.

우우우우웅……!

운기한 지 얼마 되지도 않았는데 품 안에서 강렬한 빛이 새어 나왔다.

놀란 형운은 품을 뒤져서 긴급 신호용 부적 하나를 찾아냈다. 그것은 척마대와 연결된 부적이었다.

부적이 불타오르면서 허공에 빛으로 짤막한 문자를 그려냈다.

'마인 술사 습격. 교전 중.'

"큭……!"

형운은 운기를 포기하고 지체 없이 몸을 날렸다.

그리고 그런 형운 머리 위, 까마득한 고도에 한 마리 맹금이 날고 있었다. 그 맹금은 형운을 보지도 않았지만 분명 형운의 뒤를 따르듯이 같은 방향으로 날았다.

　　　　　　　　　　『성운을 먹는 자』 15권에 계속…

검자 新무협 판타지 소설
FANTASTIC ORIENTAL HEROES

목탁

해적으로 바다를 누비던 청년,
절해고도에 표류해… 절대고수를 만나다!

"목탁은 중생을 구제하는
좋은 이름일세"

더 이상 조무래기 해적은 없다!
거칠지만 다정하고, 가슴속 뜨거운 것을 품은

목탁의 호호탕탕 강호행에
무림이 요동친다!

Book Publishing CHUNGEORAM

사략함대 장편소설

FUSION FANTASTIC STORY

2016년 대한민국을 뒤흔들 거대한 폭풍이 온다!

『법보다 주먹!』

깡으로, 악으로 밤의 세계를 살아가던 박동철.
그는 어느 날 싱크홀에 빠진다.

정신을 차린 박동철의 시야에 들어온 건 고등학교 교실.
그리고 그에게 걸려온 의문의 ARS는 그를 새로운 인생으로 이끄는데……

빈익빈 부익부가 팽배한 세상, 썩어버린 세상을 타파하라!

법이 안 된다면 주먹으로!
대한민국을 뒤바꿀 검사 박동철의 전설이 시작된다!

연기의 신

FUSION FANTASTIC STORY

서산화 장편소설

GOD OF ACTING

PRODUCTION

DIRECTOR

CAMERA

DATE SCENE. TAKE

무대, 영화, 방송…
모든 '연기'의 중심에 서다!

『연기의 신』

목소리를 잃고 마임 배우로 활동하던 이도원은
계획된 살인 사건에 휘말려 비참한 죽음을 맞이한다.
그런 그에게 주어진 특별한 기회, 타임 슬립.

"저는 당신의 가면 속 심연을 끌어내는 배우입니다."

이제 그의 연기가 관객을 지배한다!
20년 전으로 되돌아가 완전한 배우로서의
삶을 꿈꾸는 이도원의 일대기!

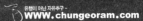

Book Publishing CHUNGEORAM

유행이 아닌 자유추구 -
WWW.chungeoram.com